ROMEON
VERLAG

Steve, die wahre Liebe
1. Auflage, erschienen 7-2021

Umschlaggestaltung: Romeon Verlag
Text: Mary Rose
Layout: Romeon Verlag
ISBN: 978-3-96229-224-9

www.romeon-verlag.de

Bibliografische Information der Deutschen Nationalbibliothek:
Die Deutsche Nationalbibliothek verzeichnet diese Publikation in der Deutschen Nationalbibliografie; detaillierte bibliografische Daten sind im Internet über *http://dnb.dnb.de* abrufbar.

Mary Rose

Steve, die wahre Liebe oder - Betrug im Internet

Steve, die wahre Liebe

oder - Betrug im Internet

Die Liebe begann ganz klein und unscheinbar auf Facebook. Damals hielt ich nicht viel von Facebook. Ich ignorierte ihn und reagierte nicht auf sein Schreiben. Zu dieser Zeit absolvierte ich eine Ausbildung und wollte meinen Kopf dafür freihalten.

So drückte ich die Person weg. Er war sehr hartnäckig! Nach der Schulung, erst einige Stunden später, schaute ich mir die Person genau an und schrieb ihm nur „Hallo".

Er antwortete mir:

Steven Elliot   19. Februar 18:59

„Vielen Dank für Ihre meine Anfrage zu akzeptieren, ich kann nicht das Niveau der Freude erklären, habe ich im Augenblick Sie hier zu haben. Im Ernst, wie jeder Mann würde sagen, Sie auf diesen Fotos von euch schön und reizend sind. Bin ich von Galway in Irland und ich wuchs in Dublin Irland bis ich derzeit lebe und in Glasgow Großbritannien arbeiten, ich bin ein Maschinenbauingenieur / Elektroingenieur, ich würde gerne etwas über sich selbst zu erfahren mir!"

Ich schrieb erst 2 Tage später zurück, nachdem er mir das geschrieben hatte:

Steven Elliot   21. Februar 18:23

„Nizza Lesen von Ihnen, Ich mag Ihre E-Mail-Adresse haben, so dass ich Ihnen eine E-Mail schreiben kann, Sie mehr über mich oder besser zu sagen, noch Sie mir eine Nachricht über meine E-Mail-Adresse hier schreiben kann infosteven@engineer.com …

ich warte, von Ihnen zu hören, bis dahin Ihrer selbst nicht kümmern."

So schrieb ich ihm zurück und wollte mehr von ihm erfahren. Er schrieb mir auf Anhieb einen sehr langen Brief, stellte sich per Schriftform vor und erzählte etwas aus seinem Leben. Das hat mich sehr fasziniert!

About Myself

Steven Elliot <infosteven@engineer.com>

Di., 23. Feb. 2016, 03:31

„Liebe Maria,

Danke für deine Nachricht. Ich hoffe, diese Nachricht gefunden, du lächelnd wie auf dein Profilbild bist. Ich denke, es wird jetzt noch komfortabler, können wir auch manchmal wegen der Art meiner Arbeit, über E-Mail kommunizieren, ich bin immer auf See und ich weiß nicht Fb zugreifen. Ich glaube an eine Einführung in erster Linie, die ich denke, der einfachste Weg ist, du einfach mehr über mich wissen kann, und jede andere Sache, die du dort wollte wissen, nachdem ich mit dir Details über mich und meinen Beruf teilen können.

Zu sagen, mehr über mich selbst, ich komme ursprünglich aus Galway Irland. Ich lebe in Glasgow Großbritannien. Ich bin das einzige Kind meiner verstorbenen Eltern. Ich bin ein Witwer seit 7 Jahren, jetzt habe ich vor 7 Jahre meiner Frau an Brustkrebs verloren, ich habe eine Tochter, ihr Name ist Sonia, sie 10 Jahre alt, ist jetzt ich viel unterwegs.

Ich bin ein einfacher Mensch, aber anspruchsvoll, ich liebe schöne Dinge. Ich bin wirklich einfach Person und eine liebende und ausgehende Vater. Ich bin eine leichte gehende Person zu sprechen, zärtlich, haben einen großen Sinn für Humor, ich Spaß mag, ich bin offener Mensch, romantisch am Herzen. I'm einen athletischen Körperbau, psychisch stabil, körperlich fit, ein paar lacht, warm, fürsorglich, ehrlich, ein guter Zuhörer, gottesfürchtig, und eine positive Person.

Ich bin ein Mechanical / Electrical Engineer bei Tierzeichen maritime LTD Großbritannien als die Deck Cadet Officer und Chief Ingenieur. Wir entwerfen, Betrieb, Wartung und Reparatur der mechanischen Systeme von Schiff und Offshore-Bohrinseln Plattformen. In enger Zusammenarbeit mit dem Architekten, der das Schiff Struktur-Designs, den Vortrieb, Hilfsstrommaschinen und andere Geräte benötigt, um die Schiff und Bohrinsel-Plattformen laufen zu lassen. Die meisten sind wir für einen Vertrag von privaten Firmen auf Plattformen und Schiff genannt. Ich mache meine Arbeit aber riskant genießen, weil wir immer auf hoher See sind.

Ich möchte den Rest meines Lebens mit jemandem zu verbringen, der freundlich ist, ehrlich, fürsorglich und vertrauenswürdig und Gott fürchten. Ich finde sehr viel Ruhe und Frieden hier. Mein idealer Begleiter? Jemand, der das Leben liebt, liebt die Menschen jemanden, der sehr intelligent ist, und hat Energie Spaß things. A Frau zu tun, die großen inneren Geist haben. Ein guter Sinn für Humor ist ebenfalls wichtig.

Eine Frau, die das solide Fundament der Beziehung mit mir teilen werden, das ist, Vertrauen, Liebe, Beziehung, Begleiter, Kompromiss, Verständnis, Freundschaft, aufrichtig die, die den Geist der given. A Frau hat, die meine Sorgen mit mir teilen. Ich glaube, dass der Glaube uns zu einer sehr schönen Richtung führen kann. Das schließlich könnten wir miteinander irgendwann am Ende als wir ungeahnte unseren Glauben halten.

Ich möchte mehr über die Familie kennen, den Hintergrund, die Lebenserfahrungen, vergangene Beziehungen, deine Ziele und Träume, deine Interessen, und alles, was du mir sagen willst. Ich möchte auch über die Geheimnisse zu lernen, sehr selten mit jemandem teilen! Also komm und das alles mit mir zu teilen. Ich hoffe, dass ich nicht viel von einem Roman geschrieben hat lol …

Prost!!

Einen schönen Tag noch,

Steve“

Seine Nachrichten waren so schön geschrieben, dass ich mehr von ihm erfahren wollte. So kannte ich nach wenigen Tagen fast seine ganze Lebensgeschichte und so erschlich er immer mehr mein Vertrauen.

My Likes

Steven Elliot <infosteven@engineer.com>

24.02.2016, 17:45

„Liebe Maria,

vielen Dank für Ihre aufgeklärt Nachricht fühle ich mich geehrt, Ihre Aufmerksamkeit zu haben. Um Ihnen mehr über mich selbst, ich bin ein ziemlich Morgen Person und Ich mag meinen Kaffee heiß am Morgen, mit wenig Zucker, keine Sahne. Manchmal in der Nacht bin ich allerdings etwas Kahlua hinzuzufügen. Mögen Sie Kaffee? Lila und weiß und blau sind meine Lieblingsfarben.

Ich bin eine einfache Person, und ich genieße alles, was die Natur zu bieten hat. Es ist toll, die Sonne aufgehen, die Sonne, der blaue Himmel, die Meere, die Sterne, der Himmel und die unendlichen Weiten des Universums oben zu beobachten. Ich finde Frieden und Trost in dieser einfachen Dinge, die alle frei sind. Ich liebe auch, wenn seine grau draußen, und ich den Duft der guten Blumen lieben. Als ich um die Natur bin, ich fühle mich wie ich mit Bäumen, Blumen, Vögel, Bienen, Früchte und Tiere in Gottes schöner Garten spiele. Ich genieße die Natur. Ich liebe die Zeit durch das Wasser (Seen und Meere), ich genieße einen schönen Sonnenuntergang vor allem durch das Wasser (romantisch). Spazierengehen, Schwimmen, alles mit draußen Beteiligung und spielen wie ein Kind, wenn es mit meinem Partner bin. Eine Schaukel ist immer viel Spaß vor allem, wenn jemand Sie drängt. Ich habe einen spielerischen Geist. Ich genieße, Zeit mit meiner Tochter verbracht. Ich genieße einen guten Film, alle Arten von Musik, Lesen, einige Sportarten, verschiedene Arten von foods. I bin offen für neue Dinge zu versuchen. Die Quintessenz ist, ich bin aktiv und haben eine enorme Menge an Energie aufwenden.

Meine beste berufliche Ziel ist Paris – Sie Nizza Sehenswürdigkeiten erhalten haben, sowie großer Wein und Essen. Ich mag Southern Fried Lebensmittel – die gebratenes Huhn, Erbsen und Gemüse, Kartoffeln und Wels. Ich liebe etwas Schweinefleisch gegrillt, baconed oder hamed. Ich habe eine große Vorliebe für Pizza und süßes Gebäck vor kurzem entwickelt. Ich esse Fleisch nicht jeden Tag. Gute Rindfleisch Huhn Garnelen Hummer Krabbe, aber ich genieße wirklich eine einfache Cesar Salat. 5 gegrillte Garnelen und ich bin glücklich, aber ein kleiner Salat. Ich liebe Gemüse, essen eine große Vielfalt Obst Melone. Ich mache meine eigenen Nudeln zu und Eier. Ich kann für Sie Nudeln Lol.

Ich habe ein paar Leidenschaften in meinem Leben, und ich muss sagen, dass ich bin begeistert davon ein guter Vater zu sein, um meine Karriere, über die Entwicklung von Beziehungen (in der Regel), und ich freue mich wirklich darauf zu leidenschaftlich zu sein und eine leidenschaftliche intime Beziehung mit irgendwann mal. Ich neige dazu, über alle Dinge, leidenschaftlich, die den Kern gebunden sind, mein Herz. Im Allgemeinen sind dies meine Liebe und Leidenschaft für die Menschheit und für diejenigen, die in mein Liebesleben kommen.

Es gibt nicht viel, was ich mag, aber; die Dinge, die ich Abneigung tun scheinen auf Werte und Charakter zu basieren, erlauben Sie mir zu erklären. Es gibt bestimmte Dinge, die ich kein Interesse haben, jedoch: Das sind die Dinge, die ich eindeutig nicht mögen, oder wählen Sie nicht zu tolerieren: Respektlosigkeit, Untreue, Unehrlichkeit, Lügen, Betrug, bedeuten Gehässigkeit, sein wert, Gefühllosigkeit, harte Worte, verletzend wirkt, unvertrauensvolle Menschen, verschoben Wut, Ungerechtigkeit, Selbstsucht, rücksichtslos, die Schuld, nicht die Verantwortung, Selbstbezogenheit, Starrheit und alles andere nehmen, die Beschädigung oder sein schädlich für einen anderen Menschen verursachen können.

Lassen Sie mich sehen, was kann ich sonst noch über mich teilen? Ich habe eine starke Arbeitsmoral und ich gebe nie etwas weniger als meine absolut Beste.

Ich mag Musik – besonders gefühlvoll klingen Celine Dionne, Phil Collins, Sade, Dolly Parton. Welche Arten von Musik mögen Sie am meisten? Mögen Sie zu besuchen? Können Sie mir einige tänzerische Fähigkeiten lehren? lol. Ich beobachte die meisten Arten von Filmen von meiner Stimmung abhängig –definitely nicht auf schwere Schrecken keen Lol. Wenn Sie nichts dagegen fragen mich, wie alt bist du? Welche Art von Arbeit tun Sie? Wo sind Sie geboren und wo bist du aufgewachsen? Was sind deine Hobbys? Ich würde gerne von Ihnen zu hören und wenn es etwas anderes ist, würde Sie gerne wissen, oder teilen Sie lieben, Abneigungen, Leidenschaften und Interessen, nicht zurückhalten.

Ich glaube, ich habe jetzt genug geschrieben und möchte nicht zu langweilen Sie mit dem Lesen Lol.

Hoffe bald von dir zu hören.

Steve“

Ich schrieb ihm kurze Sätze und stellte viele Frage! Seine Antworten auf meine Fragen waren so angenehm. Diese Art, wie er schrieb, gefiel mir sehr.

Ich blieb dennoch sachlich, denn ich fragte mich, was er im Grunde wollte, denn durch meine Ausbildung hatte ich wenig Zeit für einen Brieffreund! Ich war sehr misstrauisch. Ich merkte auch, dass diese Briefe mir dennoch guttaten.

Steve beantwortete jeden Brief, jede Frage so liebevoll. So war ich ganz hin und weg vor Begeisterung.

So schrieb ich Steve meinen nächsten Brief etwas freundlicher:

„Lieber Steve,

ehrlich gesagt, deine Briefe machen mich ganz sprachlos. Mit so viel Ehrlichkeit muss ich erst lernen, damit umzugehen. Du möchtest mein ganzes Leben kennenlernen. Aus diesem Grund ist es besser in Etappen mein Leben zu präsentieren. Meine Familie lernst du eines Tages kennen, wenn du es möchtest.

Zurzeit mache ich eine Ausbildung im Gesundheitswesen als Pflegehelferin. Mein Ziel ist es ein kleines Betreuungsheim für Senioren und Kinder auf einem Bauernhof mit vielen Tieren aufzubauen.

Tiere sind für mich sehr wichtig. Für heute muss ich den Brief beenden. Muss morgen um 5 Uhr aufstehen.

Ich wünsche dir eine schöne Zeit. Liebe Grüße."

Mein Brief war sehr kurz geschrieben, dennoch war ich von Steve begeistert, wollte es ihm aber nicht direkt zeigen!

Ein Mensch interessiert sich sehr für mich, nur für mich! Was momentan in unserer Gesellschaft sehr schwer möglich ist, weil wir, die Gesellschaft, sehr auf Leistung bezogen sind und nicht auf den Menschen.

Ein neuer Brief von Steve:

Glad to read your email

Steven Elliot <infosteven@engineer.com>

Do., 25. Feb. 2016, 05:19

„Liebe Maria,

gut, dass Sie Ihre E-Mail und vielen Dank für Ihre Aufrichtigkeit zu lesen. Ich möchte Sie wissen lassen, dass wir nicht durch Zufall traf, sondern dem Willen Gottes und bin sehr sicher, dass Gott einen Zweck hat uns beide zusammenzubringen. Ich bin sicher, Sie sind in einem guten health. Let starten Sie mich zunächst sagen, dass ich Gott für die Erfüllung danke. Wie Sie wissen müssen, kann, muss der Brunnen jeder Beziehung Frühling im Herzen sein. Es ist sehr wichtig für mich, zu Ihnen zu sagen, wie viel Sie wirklich gemein zu mir, weil wir beide Erwachsenen sind, und wir wollen und müssen die gleiche Sache. Ich wünschte, ich könnte dies persönlich tun, während in die Augen schauen, aber da wir physisch von Meilen von Leere getrennt sind, dieser Ausdruck wird in Form von Buchstaben wie diese kommen.

So Gott will. Um ehrlich zu sein, bin ich wirklich kurz von Wörtern hier, aber eine Sache, die ich weiß, ist, dass ich die Arme, um Ihnen eine Umarmung, die Ohren, um zu hören, was Sie wollen über Chat, E-Mail oder Telefon zu sprechen, und ich habe ein Herz; ein Herz, das Ihr Lächeln zu sehen schmerzt. Ich möchte diese Gelegenheit nutzen, zu sagen … Ich freue mich, Sie kennen gelernt zu haben.

Um Ihnen mehr über mich, ich bin ein ehrlicher, gutherzig, fleißig Mann, der die Unterstützung einer liebenden Frau muss. Im Idealfall, ich bin jemand, der überzeugt ist, was er will und wer er ist. Wir alle stehen vor schwierigen Situationen in unserem Leben und wir neigen dazu, manchmal durch sie irreführen werden. Eine Menge Zeit, neigen wir oft zu verzichten. In diesem Leben habe ich gewählt, mehrfach zu geben, aber ich bin stolz zu sagen, dass ich auch stark zu bleiben haben sich entschieden, und in all diesen Jahren geduldig sein ... die jetzt geführt hat meinen Sie zu finden. Wer Glück suchen; sie sagen, durch etwas anderes als seine eigene Disposition ändern wird sein Leben in fruchtlosen Bemühungen verschwenden und den Schmerz vermehren, die er Zwecken zu entfernen. Ihren Lebensunterhalt ist entschlossen, nicht so sehr durch das, was das Leben bringt Sie durch die Haltung, die Sie zum Leben erwecken; nicht so sehr von dem, was als von der Art und Weise mit Ihnen geschieht Ihren Verstand an der schaut, was passiert. Dies ist der Grund, warum ich beschlossen habe, im Leben trotz meines unkalkulierbaren Verlustes zu bewegen.

Entfernung erlaubt es nicht, die Aktion zu sehen, vielmehr Worte vermitteln die Gefühle, wenn der Abstand behindert. Nein, um den Abstand Rolle, die uns jetzt trennt, kann ich Ihnen versichern, dass diese Lücke überbrückt wird, wie wir einander wirklich kennen zu lernen. Wie das Sprichwort sagt: ‚Wahre Liebe und Freundschaft kennen keine Grenzen und keine Distanz, Meilen und Hindernisse bedeuten absolut nichts in dem Gesicht der Liebe. Obwohl Meilen jetzt zwischen uns liegen, werden wir nie getrennt für immer sein, Freundschaft doesn't zählen die Meilen, ist es durch das Herz gemessen.

Jetzt, Unehrlichkeit und Ungläubigkeit scheinen in diesen Tagen über die Seele zu nehmen, zu wissen, dass es Menschen gibt, wie Sie all die Probleme kleiner aussehen lässt. Es ist toll, dass Ihr Freund zu sein und in der Lage sein, in die Zukunft zu schauen und eine Mischung aus Gelassenheit und Hoffnung zu sehen. Diese relativ neue Freundschaft ist etwas, was ich berücksichtige, bereits heilig. Es macht mich haben den Glauben wieder in ein paar einfache, aber grundlegende menschliche Werte, die manchmal; für den Mangel an Praxis, streichen wir unter den Teppichen unserer Erinnerungen und unseres Herzens. Für mich ist diese neue Freundschaft kostbar und deshalb habe ich die Absicht, bis zum Ende meiner Tage zu halten. Ich glaube, dass wir das schaffen können, weil ich den Glauben an dich und ich habe mehr und mehr Vertrauen in das Leben und in die Zukunft. Diejenigen, die einen Freund wie dich haben vor nichts Angst. Immer daran denken, dass meine Zuneigung und wahre Freundschaft wird für immer dein sein.

Gerade jetzt, ich bin an Bord segeln. Mein Schiff einige Container von gut nach Australien tragen und ich habe schon zwei Wochen lang gesegelt. Ich werde wirklich mag dich bei mir zu sein. Ich werde lieben, wenn Sie mir Ihre Nummer vom Telefon senden, damit ich Sie anrufen, wenn ich eine bessere Netzabdeckung hier haben. Ich habe für hier jetzt zu stoppen.

Ich hoffe, wieder von Ihnen zu hören.

Einen schönen Tag noch

Große Umarmungen

Mit freundlichen Grüßen

Steve"

Dieser Mensch vom Internet, den ich persönlich nicht kannte, tat mir einfach gut und erschlich sich immer mehr mein Vertrauen. So sendete ich ihm meine Telefonnummer. Steve rief mich daraufhin an. Nun kannte ich auch seine Stimme. Die Stimme war sehr nett und warmherzig. Steve war am Telefon sehr freundlich. Es war ein kurzes Telefonat! Dennoch fiel ich aus allen Wolken. Es war alles so real. Das Misstrauen verschwand immer mehr! Ehrlich gesagt, kannte ich mich kaum wieder. Ich war auf Wolke sieben. Ich glaubte nun, das große Los gezogen zu haben.

Steve schrieb mir wieder:

Our friendship

Steven Elliot <infosteven@engineer.com>

Fr., 26. Feb. 2016, 07:11

„Liebe Maria,

ein angenehmes Lächeln auf meinem Gesicht danken Ihnen für Ihre Antwort, die ich gestehen muss, unsere Freundschaft macht mich glücklich und halten. I lesen, wird schnell ein Buch, nachdem Sie diese E-Mail zu schreiben, weil ich habe 01.30 Minuten sprechen viele Bücher inspiriert haben und brachte mich auf viele Dinge. Mein bester Autor ist ‚William Shakespeare.' Ich liebe einen Autor William Paul Young benannt. Er schrieb ein Buch The Shack genannt, die ich gerade zu Ende gelesen, sehr inspirierend. Hat irgendein Buch, das Sie inspiriert?

Sie sind sicher eine sehr einfache und jovial Frau Ihre E-Mail nach, eine Frau mit gutem Herzen und Gedanken. Ich nenne Frauen wie Sie ‚begabten'. Erlauben Sie mir, das zu sagen. Sie wissen, was, es ist mein Traum war es eine lohnende Ehe zu haben, aber leider das Schicksal hatte einen anderen Plan. Als ich zu meiner verstorbenen Frau verheiratet war, haben wir kleine Ausflüge zu planen, wenn wir ein langes Wochenende greifen konnte und es verwendet, zusammen so viel Spaß machen.

Ich glaube, dass Sie eine nette Person sind. Und natürlich kann ich nicht den Tag warten, um Sie zu treffen und zu sehen Sie. Ehrlich Ihr so hübsch von Angesicht zu Angesicht und ich weiß, jeder Mann, der sah dich in dich verliebt bcoz Ihrer Persönlichkeit gefallen vor allem, Ich mag deine Augen alles, was es zeigt mir auf Ihrem Gesicht, die Sie sind eine süße und romantische Person.

Ich liebe die Besichtigung und Besuch der historischen Stätten und vor allem Kunstmuseen. Sie genießen wirklich Reisen? Wo sind einige Orte, die Sie besucht haben, und diejenigen, die Sie besuchen möchten? Erzählen Sie mir von Ihren Touristen / Reiseerlebnissen und Ihre lustigsten Momente im Leben, und die Orte, die Sie wirklich lieben würde, zu besuchen, wenn Sie in der Lage sind. Manchmal auf meiner Freizeit sitze ich auf dem Deck Hof und Besichtigungen, aber nicht immer vor allem an Wochenenden, weil Samstag und Sonntag sind meine Freizeit Tage.

Ich hoffe, bald von dir zu hören. Prost,

Steve"

Ein angenehmes Gefühl überkam mich, dass ich nicht aufhören konnte, seine Briefe zu lesen. Wir schrieben uns jeden Tag, daraus entwickelte sich eine tiefe Freundschaft. Immer mehr hatte ich das Gefühl, diese Person zu kennen.

Ich las jeden Brief mindestens fünf Mal, weil diese Briefe mein Herz und meine Seele wärmten. Diese Konservation war so schön und innig, dass ich niemals auf die Idee kam, dass das nur ein „Fake" ist. Ich war wie in einem Rauschzustand und konnte kaum erwarten, einen Brief von ihm zu erhalten. Ich fragte mich selbst, was ist los mit mir, warum kann dieser Mann, den ich nicht persönlich kannte, meine Sinne verdrehen? Innerhalb weniger Wochen hatte dieser Mann mein Herz erobert.

Ein neuer Brief von ihm:

Can't stop thinking about you

Steven Elliot <infosteven@engineer.com>

Do., 25. Feb. 2016, 18:30

„Dearest Maria,

Danke für deine Nachricht. Ich kann denken an Sie nicht mehr aufhören. Ich will nicht meine Augen zu schließen, denn ich fürchte, ich bin mit dir einen Moment vermissen. Baby ist es jetzt weiß ich, es gibt noch Engel auf earth. You ein Ausbund von Schönheit sind. Baby – sorry für meine späte Antwort und wie es Ihnen heute?

Liebe, es ist schade, wir weit entfernt sind. Trotzdem bin ich froh, eine Gelegenheit zu haben Sie zurückzuschreiben. Ich freue mich, unsere Wege gekreuzt haben, und wir haben die Möglichkeit, zu entsprechen und die possibilities. I erkunden lässt dich nie gehen. Mein lieber in diesem Moment ist es unmöglich für mich jedes Foto zu nehmen, da mit einer Kamera Geräte hoch auf dem Schiff ist verboten und es ist strafbar wir mit der Kamera erwischt. Bitte haben Sie Geduld mit mir, wenn ich bei jedem nächsten Hafen ankommen, will ich tun, dass für Sie bitte nicht in einer anderen Perspektive sehen mich an tun.

Ich wünsche, dass Sie hier waren, oder dass ich dort waren, oder dass wir zusammen überall waren. Wie ich wünschte, ich mit dir da sein könnte, aber Abstand hat uns auseinandergehalten. Neben körperlich, sondern im Geist, Sie sind immer in meinem Herzen. Freundschaft, die durch die Entfernung und Hindernisse getestet wurde, und ist vergangen … das ist wahre Freundschaft. Der Test der wahren Freundschaft ist nicht, wenn wir zusammen sind. Es kommt, wenn wir nicht zusammen sind und erkennen, dass trotz der Entfernung, Gedanken und Gefühle sind immer noch da. Ich wünschte nur, konnte man sehen, wie viel du mir bedeutest. Gott hat Grund dafür, dass Dinge passieren. Diejenigen, die Gott selbst in jeder Situation wiederum Last in Segen danken.

Ab dem Tag, als ich auf Ihr Profil kam, wusste ich, dass Sie sich herausstellen würde, einen guten Freund zu sein, und Sie haben mehr als das erwiesen. Jedes Mal, wenn Sie von mir denken, bitte wissen, dass, egal wie viele Meilen uns trennen oder wie viel von unserem Leben kommt zwischen uns, Sie sind und immer den wahren Freund sein, die ich all diese Jahre gewünscht. Ich danke Gott, mir das Privileg, für die Ihnen zu treffen. Obwohl die Meilen uns trennen, haben die Bindung wir weit stärker ist. Sie sind die sehr, den ich all diese paar Jahre damit verbracht haben, suchen. Und jetzt, wo ich dich gefunden haben … kann keine Distanz uns trennen. Denn jetzt bin ich mit dem Fortschritt zufrieden wir gemacht haben, und ich versichere Ihnen, dass mit time. Our Kommunikationsrate zu verbessern. Vielen Dank für den Link, aber leider war ich es nicht lesen konnte, because es nicht in Englisch übersetzt wurde.

Ich hätte die Liebe fortsetzen, aber ich fühle mich müde und wir haben segelten und jetzt und meine Augen sind schwer mit dem Schlaf. Achten Sie darauf, und erinnere mich immer und die Besatzungsmitglieder in Ihre Gebete.

Hoffe bald von dir zu hören. Haben Sie eine süße Nachtruhe. Umarmungen und Küsse,

Steve“
https://youtu.be/LoEWmc60wJY

Steve hatte ein sehr gutes Gespür, was mir gefiel, und postete viele Lieder oder viele Poesien.

https://youtu.be/ HYPERLINK „https://youtu.be/_HvwNwUB1AY“_HvwNwUB1AY

https://youtu.be/OY5qUp1yjRE

Nach wochenlangem Schreiben verschlang ich seine Briefe und dieser Mann wurde von Woche zu Woche immer mehr Teil meines Lebens. Endlich ein Mensch/Mann, der mich verstand. Ich fühlte mich sicher und geborgen. Er gab mir ein Gefühl von Wärme und Sicherheit, das ich bisher nicht kannte. Manchmal musste ich mich kneifen, ob das alles echt ist oder meine Phantasie mir einen Streich spielt. Ich fragte auch mehrfach, wie er auf mich kam oder warum ich ihm so gefalle. Er sagte daraufhin, dass ihm das Foto auf der Facebook-Seite sehr gut gefiel. Ich fragte nochmals, was findet er so ansprechend von meinem Foto, dann antwortete er, das Lächeln, das Lächeln sei so warmherzig. Seine Worte, die er schrieb, klangen so vertrauensvoll und sehr beruhigend. Dieser Mann wollte teilhaben an meinem Leben sowie an meinen Sorgen und Nöten. Mit diesem Mann konnte ich stundenlang über alles schreiben. Das tat mir einfach gut. Ich hatte wirklich das Gefühl, einen guten Freund an meiner Seite zu haben. Das gefiel mir sehr. Ich war von ihm äußerst beeindruckt.

Ich las vorher und während dieser Zeit sehr viel über die Lovescammer Storys. Und wunderte mich mehrfach, wie man auf Schwindler hereinfallen kann. Mir wird das sicher nicht passieren.

Dann kam schon der nächste Brief:

I don't know how to approach this with you online

Steven Elliot <infosteven@engineer.com>

Fr., 26. Feb. 2016, 21:48

„Mein Engel,

wie war dein Tag heute? Ich hoffe, es geht dir gut? Ich bin so glücklich, Ihre E-Mail zu lesen und wie aufrichtig und öffnen Sie sind mit mir zu teilen. Ehrlich gesagt, ich weiß nicht, wie diesen Brief zu beginnen, weil ich fürchte, es könnte das Ende unserer guten Bekannten sein.

Ich weiß nicht, wie das Online-Ich jeden Tag mit Ihnen zu nähern einen Kampf mit mir selbst zu kämpfen mein Herz sagt, ich sollte Ihnen sagen, wie ich mich fühle, aber mein Kopf sagt mir nicht, dumm zu sein, dass es nur Schäden an unserer Freund-

schaft führen würde und dass Sie nicht interessiert. Ich weiß, dass es wahrscheinlich nur sehr wenig ist, kann ich Ihren Geist oder so ändern zu sagen. Ich bin nicht völlig Abzinsung der Möglichkeit, dass die Art, wie ich für dich fühle hin- und her bewegt werden könnte, aber da ich sehr wenig Glück in der Vergangenheit in diesem Bereich haben meine Hoffnungen sind recht klein.

Ich wollte in Worte zu fassen, meine Gefühle in der Hoffnung, dass, obwohl Sie nie die Worte schriftlich oder sogar hören, wie sie von meinen Lippen zu sehen, dass du immer noch wissen würde, dass ich tief für Sie kümmern, ich glaube, dass die Chance, diese verwandeln könnte in mehr, aber ich denke, dass von Ihnen abhängen und wie Sie über mich fühlen. Ich habe meine Gefühle gehalten für Sie so lange enthalten, wie ich konnte. Ich bin verliebt in dich aber, und wahr, ehrliche Liebe nicht enthalten sein sollte und hielt für diese lange ruhig. Es gibt so viel über Sie, die mich zu dir auslöst. Meine Gefühle für Sie wachsen mehr und mehr jeden Tag, wenn ich Ihre E-Mails lesen, und meine Liebe für dich mit jeder Minute tiefer und ewig wächst.

Sehen Sie Ihre Bilder und Ihre E-Mails hat das Lesen meiner schlimmsten Tage aufhellt und macht sie so viel besser. Sie sind alle, die jetzt schon in meinem Kopf ist, und das ist, wie ich weiß, dass ich in der Liebe mit you. Even obwohl so viele Dinge erschrocken bin gefallen sind, aber ich bin immer noch bereit, diese Chancen zu ergreifen, weil nichts Werke erwarten Sie an ihnen arbeiten. Ich frage mich, was aus mir geworden wäre, wenn du mit mir nicht in Ordnung waren. Deine Liebe ist die Sonne, die jeden Tag meines Lebens scheint; Sie sind der Regen, dass Duschen in meiner Seele … Liebe ist eine Magie; es funktioniert wie ein Wunder. Deine Liebe ist Magie, ich bin so froh, mit Ihnen zu sein. Ich weiß, die nächste Frage, die Sie mir gehen zu fragen, ist, warum Angst bin … es gibt so viele Gründe, warum Angst bin … habe Angst, weil man könnte sagen, dass ich so schnell bewege und Sie könnten Ihre Meinung ändern über mich … ich wegen der Entfernung zu große Angst bin, wie wir damit umgehen werden … Ich habe Angst, Sie nicht das Gefühl sein könnte, was fühle und es könnte Sie wieder ein wenig schieben, aber bitte immer aufrichtig sein mit mir und sagen Sie mir Ihre Meinung.

Ich will dich seit dem Tag, zu wissen, dass wir uns getroffen, Ich habe mit Ihnen tief in Sie verliebt. Es gibt keine Worte, um die Dankbarkeit, die ich in meinem Herzen fühlen auszudrücken, dass Sie mein Leben kam in, und wie Sie jeden Tag so besonders machen. Sie sind so besonders in mein Leben, mein Herz und meine Seele. Du bist mein bester Freund, mein einzig wahre Liebe, mein Ein und Alles.

Meine Ängste sind viele, aber wie ich sagte, ich will dich nicht selbst zu verlieren, wenn wir Sie noch nicht über eine Beziehung wollen Freunde sein können und es hat mich immer noch nicht daran zu hindern, zu teilen, was ich für dich empfinde. Schließlich hat mein Herz schon gefunden, wie es ist Ihnen überlassen. Ich möchte Ihnen und sonst niemand. Sie bedeuten mir alles. Ich denke, wir sollten versuchen und diese Arbeit zu machen. Sie müssen wissen, dass Sie die Person sind, und nur ein ich will. Nicht nur sind Sie perfekt für mich, du bist der perfekte Freund und ich hoffe, wir können und mehr sein wird. Ich konnte nie besser sein dann, was wir jetzt miteinander teilen. Ich hoffe, dass Sie die gleiche Weise fühlen, weil mein Herz auf Sie gesetzt ist, und nur Sie.

Es gibt keine Worte, um die Dankbarkeit, die ich in meinem Herzen fühle, auszudrücken, dass Sie mein Leben kam in, und wie Sie jeden Tag so besonders machen.

Ich möchte nur wissen, dass ich dankbar bin, dass du in mein Leben kam, und ich werde dich bis ans Ende meiner Tage lieben. Meine Liebe zu dir wird nie verblassen, ich bin immer noch verrückt nach dir, Baby.

Dich immer lieben. Steve“

Dieser Mann hatte nach wenigen Wochen mein volles Vertrauen. Ich wunderte mich selbst über mich. Dieser Mann erwärmte mein Herz und meine Seele rief nach mehr schönen Worten!

Steve schrieb, dass seine Frau vor vielen Jahren verstorben sei und seine 10-jährige Tochter im Internat sei, gab mir dazu sogar die Adresse!

Er habe wenig Zeit für seine Tochter, weil er beruflich viel unterwegs sei! Er fühle sich einsam und hätte sehr gerne wieder eine Frau/Lebenspartnerin und eine Mutter für seine Tochter. Er sagte auch, dass ich die Richtige sei! Zuerst schmeichelte mir das, was er sagte! Doch eine innere Stimme sagte: Du kennst diesen Mann nicht! So fragte ich ihn, ob es möglich sei, sich persönlich zu treffen. Ich sagte zu ihm: „Ich möchte dich persönlich kennen lernen." Er willigte ein und war sogar sehr erfreut über meine Worte. Er sagte dann: „Du bist meine zukünftige Frau, das spüre ich!" Ich war erfreut und entsetzt zugleich! Mir wurde heiß und kalt zugleich. Meine Gefühlswelt geriet durcheinander. Ich wusste einfach nicht, was ich davon halten sollte.

Ich sagte zu ihm: „Ich brauche Zeit, für mich ist das nicht so klar wie für dich. Für mich ist wichtig, dich persönlich kennen zu lernen." Er sagte daraufhin: „Yes Baby, ja natürlich. Du hast alle Zeit der Welt. Wir können morgen noch einmal darüber sprechen."

Ich brauchte auf jeden Fall Zeit zum Nachdenken.

Eines war sicher, seine Worte, seine Sätze, erwärmten meine Seele. Nur gleich heiraten und eine Familie gründen!?

Ich war total durch den Wind! Auf einer Seite hatte ich das Gefühl, meinen Traummann gefunden zu haben, und ich sagte zu mir, vielleicht passen wir sogar gut zusammen!? Wer weiß?

Dann war da das andere Gefühl! Eine innere Stimme sagte zu mir, pass auf und genieße diese Worte mit Vorsicht! Eine innere Stimme sagte, überprüfe ihn erst mal. Du hast eine Adresse, schau, ob es diese Adresse wirklich gibt. Das tat ich auch über den Satelliten. Nach einer Stunde hatte ich sogar ein Foto von seinem Haus und von seiner Umgebung. Er hatte einen Bungalow am Rande von Glasgow, UK. Ich sah, die Adresse gibt es wirklich und sein Haus schaut genauso aus, wie er das beschrieben hatte. Irgendwie war ich wieder beruhigt, glaubte ihm und fasste wieder neu Vertrauen.

Genau, das ist der Punkt, manchmal war ich so misstrauisch, dass ich sagte, das ist sicher ein Heiratsschwindler!? Nur dann beschrieb er sein Leben oder seine Arbeit so, dass ich wirklich das Gefühl hatte, es ist alles echt und wahr. Gewisse Details kann man nur wissen, wenn man dort gelebt oder dort gearbeitet hat. Er schaffte es immer wieder, mein Vertrauen erneut zu gewinnen.

Dann schrieb er: „Wir haben auf dem Schiff ein Problem – ich muss zum Arbeitsplatz – ich schreibe dir später!" Okay, sagte ich! Dann war Funkstille! Eine Stunde verging und ich hörte nichts! 2 Stunden vergingen und ich hörte immer noch nichts! Dann wurde ich schon unruhig!

Ich schrieb ihm: „Steve melde dich! Was ist los?" Keine Reaktion! Das Warten wurde für mich zu einer harten Prüfung. Nicht zu wissen, was los ist! Ich machte mir mittlerweile schon Sorgen und betete zu Gott: „Bitte hilf ihm und mach es möglich, dass alles gut ausgeht." Gott versprach mir, Steve wird sich bei dir wieder melden!

Allerdings wusste ich nicht, wann! Zumindest wird er die Krise überwinden, worin sie auch stecken.

Die Antwort von Gott beruhigte mich sehr und konnte meinen Alltag wieder ganz normal verrichten und hatte darin Vertrauen, dass sich Steve melden würde! Die Stunden vergingen und ich hörte nichts, dennoch hatte ich den Glauben, dass alles gut wird. Am nächsten Morgen schaute ich, ob ich eine Nachricht bekam – leider nichts.

Okay, sagte ich mir, das ist wahrscheinlich eine Prüfung, ob ich die Geduld habe, zu warten. Gott sagte auch zu mir, sei geduldig! Ich vertraute auf Gott und wartete!

Dennoch überkam mich immer wieder eine gewisse Unruhe und diese Stimme sagte zu mir: Du erfährst nicht, was mit ihm ist! Vielleicht ist er verletzt oder das Schiff hat ein Leck und die ganze Besatzung ist in Seenot!? Fragen über Fragen überkamen mich.

So betete ich immer wieder zu Gott und Gott beruhigte mich. Gott sagte: „Es ist alles in Ordnung! Er wird sich bei dir melden!" Mit dieser Antwort hatte ich wieder Vertrauen!

So wartete ich von Stunde zu Stunde und jeden Tag aufs Neue! Ich hatte Vertrauen, dass Gott ihn und die ganze Besatzung beschützt!

Mit diesem Vertrauen konnte ich wieder an meine Arbeit gehen und war auf meine Arbeit konzentriert, dass ich die nächsten Stunden nicht mehr an Steve dachte! Ich hatte einfach Vertrauen! Zwei Tage später meldete sich Steve und erklärte mir seine Situation! Dass beim Schiff die Antriebswelle gebrochen sei und sie gerade noch den nächsten Hafen erreichen konnten! Sie hatten Glück im Unglück! Sie konnten auch bereits das Teil ausbauen und bestellen. Allerdings dauert das 1–2 Wochen, bis das Teil geliefert werde! Jetzt sitzen sie im Hafen und hätten etwas Zeit. Deshalb können sie nur warten!

Ich sagte dann zu ihm: „Komm zu mir! Jetzt hast du Zeit!" Er sagt daraufhin: „Ja, ich werde schauen, ob es möglich ist, für ein paar Tage von Bord zu gehen."

Er redete mit seinem Chef darüber und rief mich per Telefon an!

Ich war ganz erstaunt, jetzt höre ich auch seine Stimme! Mein Herz hüpfte vor Freude!

Am Telefon erklärte mir Steve: „Ich darf leider nicht von Bord! Ich habe in diesem Hafen keine Einreisegenehmigung und darf ohne das Dokument nicht von Bord!" Ich fragte ihn: „Wie schaut so eine Einreisegenehmigung aus?" Prompt sendete er mir ein leeres Formular auf Facebook. Sie dürfen in diesem Hafen so lange bleiben, bis der Schaden behoben ist, müssen allerdings an Bord bleiben.

Okay, ich verstand! Er schickte mir auch ein Foto von dem Teil, was sie bestellt haben. Ich sagte zu Steve: „Oh, diese Antriebswelle ist ja riesig! Was wiegt so ein Teil?" Steve sagte: „Ungefähr eine Tonne!" Ich fragte weiter nach: „Wie kommt diese schwere Antriebswelle zu euch?" Er antwortete daraufhin: „Per Schiff wird es gebracht und wir haben spezielle Maschinen dafür, die uns helfen das Teil zu heben und richtig einzusetzen! Und ich bin dafür verantwortlich!"

Steves Beschreibung war so genau, dass ich mir die Situation richtig vorstellen konnte!

Dadurch, durch diese Situation, hatte ich Vertrauen zu Gott und Vertrauen zu Steve! Es kam alles wieder in Ordnung! Und meine innere Ordnung war hergestellt. Ich war wieder glücklich!

Ich schrieb Steve, dass ich meiner Familie bzw. meiner Töchter davon berichtet habe.

Daraufhin schrieb Steve mir:

Steven Elliot <infosteven@engineer.com>

26.02.2016, 07:15

„Ich werde dir Englisch beibringen. Ich denke, dass unser Gespräch privat gemacht werden, sollten Sie Ihre Tochter nicht über uns wissen muss, aber ich weiß nicht, ob Sie mit dieser sind einverstanden, aber in meiner eigenen Meinung, sie muss nicht mit mir zu wissen oder zu schreiben, weil wir beide erwachsen und gereift sind unsere eigenen Probleme zu behandeln. Ich weiß nicht, ob ich keinen Sinn. Prost

Daraufhin schrieb ich zurück:

„Lieber Steve,

meine Töchter sind erwachsen und freuen sich für mich. Sie sind aufgeschlossen und wissen, dass eines Tages ein Mann in mein Leben tritt und ein Teil von meinem Leben sein wird. Genauso sind meine Geschwister voller Erwartung. Mein zukünftiger Lebenspartner braucht keine Angst zu haben. Ich habe eine tolle Familie.

Mir gefällt es in Österreich, so bin ich noch hier. Außerdem habe ich einen großen Bekanntenkreis, der mir sehr wichtig ist.

Heute und morgen habe ich frei, so kann ich dir sehr viel schreiben.

Heute habe ich ein Selfie für dich gemacht sowie ein kleines Video.

Viel Spaß damit!

Maria"

Nachdem Steve nicht wollte, dass ich meiner Familie davon erzähle, müsste es normalerweise „klick" machen! Hat es aber nicht!

Der Schriftwechsel zwischen mir und Steve war sehr rege. Fast täglich schrieben wir uns!

Außerdem sagte ich mir, niemand kann sich so lange verstellen. Irgendwann macht doch jeder Betrüger einen Fehler! Der Schriftwechsel war so real, so echt! Hörte sich nicht wie Betrug an! Oder ich wollte es einfach nicht glauben!

Steven Elliot <infosteven@engineer.com>

Sa., 27. Feb. 2016, 05:46

„Meine ziemlich Angel,

Ich bin so glücklich, von Ihnen zu hören, so wie das Meer heute ruhig war. Wenn Sie in einer Fernbeziehung sind, alles, was man sich verlassen kann, sind Briefe, Karten, E-Mails und Telefonanrufe. Ich sehe mich selbst stark fallen für Sie, weil Sie die Zeit nehmen, mir zu schreiben und ich mich geschätzt fühlen.

Danke mein süßes Herz, Was kann ich mehr sagen Ihnen, dass Sie mir die Wärme deiner Liebe über die großen SEAS zu fühlen, was uns trennt? Sie haben wirklich keine Ahnung, was ich für dich empfinde.

Ich versuche, dieses Gefühl in Worte zu fassen, aber ich bin failling kläglich. Dieses Gefühl der sowohl Angst und in Frieden zu sein, der die beiden Schmetterlinge und einem Gefühl der Ruhe, ist ein Gefühl, das ich habe bisher nur träumen können. Als die Tage weiterhin meine Liebe zu dir wird passieren, weiter wachsen. Ich hätte nie gedacht, hatte ich die Kapazität jemand zu lieben, wie sehr ich dich jetzt lieben. Meine Liebe zu dir weiter zu reifen, über den Bereich, der mein Herz wachsen. Es scheint, dass Sie die Faser meiner Seele geworden sind, der Grund für meine Existenz.

Es gibt so viele Gründe, warum Angst bin … ich Angst bin, weil man könnte sagen, dass ich so schnell bewege und Sie könnten Ihre Meinung über mich ändern … ich wegen der Entfernung zu große Angst bin, wie wir gehen auf das zu lösen ist … Ich habe Angst, Sie nicht das Gefühl sein könnte, was fühle und es könnte Sie drücken ein wenig zurück ich will nicht Sie selbst zu verlieren, wenn wir Sie noch nicht über eine Beziehung wollen Freunde sein können und es hat mich immer noch nicht daran zu hindern, zu teilen, was ich für dich empfinde.

Ich habe keine anderen Worte, wie Sie mich fühlen zu beschreiben. Keine Worte konnten keine Aktionen einmal nahe kommen.

Ich bin über dich Baby so verrückt.

Ich bin an einem Punkt nahe dem Meer sitzt jetzt, eine Tasse Kaffee zu trinken und zu einer Musik hören

Ich warte darauf, etwas von dir zu hören.

Prost, Steve

Von seinen Worten war ich total verzaubert und besonders mit dieser Musik. Ich war auf Wolke sieben. Ein Mann, der so schöne Worte schreiben kann, ist sicher kein Betrüger, zumindest will ich, Gott Vater, dass diese Liebe echt ist.

Ich meditierte und sprach mit Gott Vater darüber! Gott sagte: „Nimm diese Liebe an! Diese Liebe ist wahr!" Gott sprach noch: „Geld nicht senden!"

Mit diesen Worten war ich beruhigt und vertraute voll!

I just can't wait to talk to you sweetie

Steven Elliot <infosteven@engineer.com>

So., 28. Feb. 2016, 20:33

„Meine Geliebte,

wie war dein Tag ich can't nur reden warten auf dich mein Schatz, könnten die Dinge nicht besser sein, als du in meinem life. You sind meine neuen Eltern haben, meine Liebe, meine Welt, Sie sind meine Inspiration und meine Schulter zum Anlehnen auf, ich will Sie immer Baby von mir stehen Sie durch, machen mich geliebt fühlen. Es gibt niemanden, der mir den Weg vollendet, die Sie tun. Sie bedeuten mir alles.

Es gibt nichts, was ich nicht für dich tun würde, und es gibt sonst niemand möchte ich mit der Ausnahme, du mein Leben zu tei-

len. Sie sind der Grund, warum ich jeden Morgen aufstehen und haben einen schönen Tag, du hast mich mit einer neuen Perspektive auf das Leben zu suchen. Ich habe noch nie jemanden getroffen, wie wunderbar, wie Sie. Ich liebe dich wirklich.

Ich werde durch dick und dünn mal mit euch gehen und ich danke mir die Gelegenheit geben, um Sie zu kennen und immer für mich da zu sein. Du bedeutest mir so viel,

Baby, Ich liebe dich, wer Sie sind und was Sie von mir machen, wenn ich mit dir bin. Mit Ausnahme von meiner verstorbenen Eltern und Sie meine zukünftige Frau, machen Sie mich etwas Besonderes, und Sie sind auch besonders für mich und auch wichtig, und ich weiß jetzt, dass ich wichtig bin zu Ihnen.

Es hat nie eine Liebe, die ich Liebe in den Beziehungen nennen könnte ich je hatte. Es gibt so viele Dinge, die ich Ihnen für danken kann, aber das unmöglich sein wird, für mich zu tun, weil sie so viele sind ….

Baby, niemand kann dich ersetzen und wenn dir etwas passiert, ich weiß nicht, was ich ohne dich tun würde, ich werde auf jeden Fall sterben, ohne Sie Baby. Du bist die einzige Person, die ich sehr liebe. Du bist mein Leben und alles dreht sich um dich herum … du bist mein Engel … meine Prinzessin. Babe, es gibt nichts in dieser Welt, die ich nicht für Sie tun! Hoffnung, bald mit Ihnen Dank zu sprechen und einen schönen Tag mit meinen Gedanken haben.

Ich liebe dich!

Steve“

https://youtu.be/hbJruWd6bmU

Ich antwortete auf diesen Brief, weil ich vieles nicht verstand!

„Lovely Steve,

schön, dass du noch etwas Zeit für mich hast.

Die Übersetzung ist nicht sehr gut.

Was meinst du mit Eltern? Deine Schwiegereltern?

Was für eine zukünftige Frau?

Habe ich das richtig verstanden, du hast auf eine Nachricht von mir gewartet?

Bitte ehrlich sein!

Lovely Steve,

Ich musste 3-mal deinen Brief lesen, um zu verstehen, was du meinst. Ich habe verstanden.

Ich weiß, dass du Verpflichtungen hast.

Ist auch gut so.

Das heißt, wenn du frei hast, dann bist du für mich nicht erreichbar.

Das ist hart!

Aber ich kann damit leben.

Dann wünsche ich dir eine wunderschöne Nacht.

Küsschen“

In seinem vorherigen Brief hatte ich einiges nicht verstanden oder verstehen wollen. Erst als ich den mehrfach gelesen hatte, habe ich seine Absichten verstanden!

Dann schrieb Steve diesen Brief:

29.02.2016, 16:01

„My lovely Maria,

meine liebste Liebe, heute habe ich saß da und dachte, mit jedem Atemzug nahm ich, nur an dich. Heute du so weit weg sind, und ich bin in der Lage, Sie nicht halten, küssen Sie, oder sogar in der Lage, Ihnen zu sagen Ich liebe dich jeden Tag, ich vermisse dich und kann nicht warten, bis ich nach Hause kommen, so dass Sie in der Lage sein kann, wickeln mir deine Arme um und halten Sie mich zu Ihrem Herzen so nah. Die Tage vergehen und Nächte länger. Es macht mich stärker und stärker. Ich möchte nur wissen, dass ich hier sein, so lange es dauern wird; eine Sache, die ich Sie wissen wollen, ist ich liebe dich und du wirst für immer in meinem Herzen sein … Ich liebe dich so sehr.

Sie haben keine Ahnung, wie viel du mir bedeutest. Sie haben immer für mich stecken und es gewesen, wenn niemand sonst war. Du bist die süßeste Frau, die ich kenne. Ich hätte nie gedacht, ich könnte jemand so lieben oder so nah an jemand sein, wie ich dir bin. Du bist mein Herz, meine Seele, meine Welt, und schließlich habe ich meine andere Hälfte gefunden. Ich ging um immer so leer mit einem Loch in meinem Herzen das Gefühl, dass ich hätte nie gedacht, gefüllt bekommen würde. Aber rate mal was? Sie füllte das Loch. Ich bin so traurig, mein lieber über meine Selfie zu dieser Zeit bitte mit mir Geduld.

Du warst die andere Hälfte mein Herz war in all den Jahren suchen.

Sie haben mich so sehr verändert. Sie machte mir klar, dass ich nicht jemand anderes die Genehmigung für alles im Leben brauchen, und dass, solange Sie glücklich sind, das ist alles,

was zählt. Sie lehrte mich fast das Leben in vollen Zügen zu leben. Ich weiß nicht, was ich tun würde, wenn ich dich verloren. Ich will immer bei dir sein. Ich will nie dich verlieren.

Ich weiß, dass unsere Liebe ist real, denn sonst würden wir es nicht bis hierher geschafft haben. Ich liebe dich von ganzem Herzen und Seele, Baby, und nichts wird jemals ändern. Lassen Sie sich nicht, dass entweder vergessen! Ich weiß wirklich nicht, wie in Worte genau zu setzen, was du mir bedeutest, aber ich habe viele Male die Liebe, die du für mich gesehen. Ich glaube nicht, dass jeder andere

Frau könnte so liebevoll sein, wie you. I jetzt wissen, dass es Ihnen nicht egal, in welcher Situation wir sind in, werden Sie noch there. I wissen jetzt, dass wir alles tun können

zusammen, und ich weiß, dass du da, mich zu retten sein wird und uns fliegen zu helfen. Ich habe noch nie erlebt, die Art von Liebe, die wir beide teilen und ich hätte nie gedacht, dass

ich könnte jemanden finden, der mit meiner Familie setzen können. Ich glaube wirklich, dass Gott selbst hat dich nach unten aus dem glorreichen Himmel über sein für immer meine Liebe.

Es gibt nichts in dieser Welt, die ich nicht für dich tun würde. Und ich werde dich lieben und Sie nur so lange, wie Gott uns kept lebendig dank Honig für Sie Art und Verständnis haben einen schönen day. Love haben, immer und für immer.

Mit freundlichen Grüßen mein Engel

Steven“

Steve sendete auch ein Foto von sich und seiner kleinen Tochter! Ich hoffte zumindest, dass diese Fotos von ihm waren! Ich zweifelte überhaupt nicht daran, zumal Steve immer mehr in mein Herz drang und ich mich immer mehr in ihn verliebte. Diese Worte waren so schön, dass ich nur noch schwebte! Alles gelang mir! Das Leben war so leicht! Dass ich glauben wollte, dass diese Liebe echt sei! Diese Worte durchfluteten mein Herz und meine Seele, dass ich seine Sätze so oft las, dass jeder Schmerz verschwand!

Ich antwortete ihm:

„Lovely Steve,

ich bin sprachlos und weiß nicht was ....

Ich kann gar nicht klar denken, ich finde keine Worte!

Deine Wörter sind wie Honig für meine Seele! Deine Wörter fließen in mich hinein, als wäre das ein süßer Traum!

Dein Foto mit deiner schönen Tochter ist bezaubernd.

Das ist so ein hübsches Foto von euch beiden. Dass mir direkt die Tränen kommen vor Glück.

Damit habe ich nicht gerechnet.

Ich sehe auf dem Foto, dass du deine Tochter wirklich liebst. Du strahlst vor Glück.

Du bist so ein schöner Mann!

Es müssen dir die Frauen nur zu Füßen liegen. Warum du alleine bist, verstehe ich gar nicht. Du bist so ein schöner Mann. Ich werde dich Tag und Nacht anschauen und dich im Herzen tragen.

Ich muss das noch einmal fragen, wie bist du auf mich gekommen?

Im Internet bzw. im Facebook sind so viele hübsche Frauen. Warum hast du gerade mich ausgesucht?

Ich muss das nochmal fragen, wie so ein hübscher Mann auf meine Seite kommt!

Ich bin ganz weg von deinem schönen Antlitz!

Dazu muss ich noch fragen, wann bist du geboren?

Danke für das schöne Foto, das ist ein schönes Geschenk.

Ich bin nach wie vor sprachlos.

Ich muss alle meine Gehirnbahnen zusammennehmen, um noch klar denken zu können.

Jetzt bist du wirklich sichtbar für mich bzw. jetzt habe ich das richtige Bild zu den verträumten Zeilen.

Herzlichen Dank!

In Liebe

Maria“

https://youtu.be/aJxrX42WcjQ

https://youtu.be/cL6kHi7OiUY

Ich fühlte mich wie in einem Traum! Es war so schön, in mir kamen Gefühle hoch, die ich bisher nicht kannte. Ich schwebte nur noch, alles, das Leben war so leicht. Diese Gefühle waren überwältigend und total neu für mich!

https://youtu.be/LRP8d7hhpoQ

Hört euch das Lied dazu an! Dann werdet ihr verstehen, wovon ich rede!
Das Leben war plötzlich so schön, alle Sorgen und Nöte waren verflogen.

https://youtu.be/ifCWN5pJGIE

https://youtu.be/8yLZnM2KFkY

You are constantly in my heart, feeding my soul with love

Steven Elliot <infoelliot112@gmail.com>

Mi., 2. März 2016, 19:00

„Meine Geliebte,

es ist toll, dich in meinem Herzen zu haben und in der Lage zu sein, zu fühlen Sie mir den ganzen Tag lang nah dran sind. Mein Tag heute war damit beschäftigt, ich habe in der Maschine gewesen i zur Kontrolle kam gerade zurück zu, um Ihre Nachricht zu lesen und darauf zu reagieren, ich dich nie zu verpassen, weil ich weiß, du bist bei mir immer in meinen Gedanken, auch wenn wir viele Straßen haben und Meilen zwischen uns. Danke für das schöne Bild.

Sie sind ständig in mein Herz, meine Seele mit Liebe und Zuneigung Fütterung, und mich mit diesem Gefühl der Erfüllung und Glück zu verlassen.

Ich kann den Glauben nicht genug danken für Sie gefunden haben. Ich bedaure nur die verlorene Zeit, ich bereue nicht, dass Sie, bevor jetzt getroffen zu haben … Aber hier ist ein kleines Geheimnis, das auch ein Lebensmotto sein kann: ‚Glück, auch wenn spät!'

Dennoch werde ich nicht über Glück beklagen; im Gegenteil, ich danke nur die Tatsache, dass ich bin in der Lage, Sie zu treffen, obwohl wir einander noch nicht gesehen haben.

Du bist alles, was ich je in meinem Leben wollte. Du bist alles, was ich liebe und wollte zu lieben. Du gibst mir dieses Gefühl der Erfüllung, wie nichts sonst auf der Welt können. Ich schicke Ihnen diesen Brief mit all meiner Liebe: Es wurde mit der Seele Absicht geschrieben meiner reinsten und ergebene Liebe zu dir zu erklären. Ich meine, alle Worte, die ich Sie von meinem inneren Herzen schreiben sind, die ich als die Art und Weise zu sehen, mein Herz zu Ihnen zum Ausdruck bringen.

Danke, dass ich ein Haus in Ihrem Herzen geben und in Ihrem Leben.

Prost! Steven

Diese Worte von Steve erhellten mein Herz und mein Leben erneut!

My Jewel

Steven Elliot <infoelliot112@gmail.com>

03. März 2016, 19:50

„Liebe geliebte Maria,

Ich fühle mich so gut, wenn ich meine E-Mail öffnen und Ihre Nachricht zu finden. Ich bekomme sehr neugierig und immer sehen wollen, was Sie gesendet haben. Sie Leben meinen Geist und ich weiß, ich habe einen besonderen Menschen gefunden, wenn Sie meinen Geist emotional mit einem Lächeln heben kann. Du hast mein Leben wie ein Engel berührt. Ändern mein Status von ‚verwitwet' auf ‚verheirate' ist mir etwas über die ich ändern würde gerne. Ich war Altwerden alone. Just Angst, als ich dachte, dass die Liebe nie ein Teil von mir sein könnte, ist, wenn Sie entlangkam und zeigte mir Glück und Hoffnung. Jede Nachricht, die ich von Ihnen gelesen, sagt mir heimlich, dass es eine Verbindung zwischen uns ist, dass noch aufgedeckt werden.

Ich gebe nicht Groll oder Stress über Dinge, und ich bin froh, dass Sie nicht zu nachtragend. Ich glaube, dass es keinen perfekten Menschen, haben die Menschen ihre unterschiedliche Unvollkommenheit. Ältere Köpfe kommen nicht zu lieben, indem Sie die perfekte Person zu finden, aber durch das Lernen eine unvollkommene Person perfekt zu sehen. Es ist eine Sache, einen besten Freund zu haben, aber es ist noch erstaunlicher, wenn die beste Freundin an, ein ‚Freund' ist nicht nur gut, sondern auch besser auf eine Person zu sein. Ursprünglich wollte ich Sie über eine Nachricht zu schreiben, warum Sie mein bester Freund und meine Liebe zu sein, obwohl wir uns nicht mehr gewachsen sind, noch erfüllt und sättigt Sie mit allen generischen Gründen und liebenswert Anekdoten, aber ich bin nicht nur tun, dass weil Sie bereits wissen, warum, du bist mein bester Freund bist. Wenn Sie nicht täte, würde man wahrscheinlich nicht diese Nachricht gelesen haben.

Es ist nicht nur die guten Werke, die für sich selbst, seriöse und einzigartige Persönlichkeit sprechen ebenfalls. Sie sprechen auch über die Grenzen hinaus und diejenigen Phantasie. Vielen Dank für einen anderen Freund zu sein, dass ich nie gedacht, dass in einer Entfernung, die sich von den Freunden, die für die schönen Dinge nur gibt es existieren könnte, ohne meine persönlichen Gefühle zu kümmern. Ich weiß nicht, wie sonst, das zu erklären, aber wenn Freunde Farben zu sein, würden Sie den Regenbogen zu mir sein; das ist, wie viel ich habe dich gewachsen zu verehren. Wenn ich ein Engel wäre, würde ich wählen immer über dich zu sehen ... aber Gott immer für mich von euch nehmen. Trotz meiner Arbeit ist eine Herausforderung, ich resigniere geplant, sobald ich meine Liebe zu finden, den ich mit dem Rest meines Lebens teilen wollen. Ich habe diese große Liebe in dir finden.

Ich hoffe, mit dieser Nachricht Sie in der Lage sein wird, die Richtung dieser Beziehung zum Bild.

Cheers mein Engel.

Mit Liebe,

Steve“

Ich konnte stundenlang seine Briefe lesen und hatte immer noch nicht genug davon. Ich konnte es kaum erwarten, einen Brief von ihm zu erhalten!

Ich antwortete mit diesem Brief:

„My Darling,

mein Herz schlägt laut vor Freude, ich finde keine Worte mehr. My Darling, ich möchte am liebsten bei dir sein in deinen Armen.

Ganz eng umschlungen und dich nur spüren bis in den Morgen. Mit dir gemeinsam den Sonnenaufgang erleben und dich zärtlich küssen. Das wäre schön. Ich finde keine Worte mehr, sondern meine Gefühle verlangen nach dir! Ich finde keine Worte mehr! Deine Worte fließen in mein Herz und versüßen mir den Tag. Mein Körper verlangt nach dir!

In Liebe

deine dich liebende Maria"

Die süßen Worte wechselten von Brief zu Brief und wurden von Tag zu Tag intensiver und das war schön. Diese Worte haben mein Herz berührt und ich war unsagbar glücklich.

Good morning

Steven Elliot <infoelliot112@gmail.com>

04.03.2016, 05:09

„Guten Morgen mein Liebes,

meine Liebe, haben Sie diese Macht über mich, dieses unbeschreibliche, nicht zu leugnen, unverwechselbare Kraft. Sie verbrauchen meinen Kopf. Sie dringen in meine Gedanken. Du bist der Herrscher über mein Traum world. You mich auf das Leben mit anderen Augen sehen lassen, die Augen, die nie das Licht der Welt erblickt haben, bis jetzt. Ich fühle mich, als ob ich alle meine Sinne verwende, zum ersten Mal, und plötzlich alles, was ich einmal wusste, ist mir jetzt nicht vertraut. Sie füllen jede Zelle in meinem Wesen, mit Freude, Liebe und Glück. Sie machen mich wollen aufstehen und schreien an der Spitze meiner Lunge. ‚Ich liebe dich mehr, als Worte sagen konnte.' Sie machen mein Herz schweben, wie ein Vogel im Flug. Aber vor allem … du bist du, und ich liebe das. Ich denke an meinen Urlaub in Spanien oder

Singapur i von Singapur als ein schönes Land Fremdenverkehrs gehört haben. Können wir dort treffen? Wenn nicht, werde ich zu treffen Sie in Graz planen. Sie sollten wissen, dass ich Sie leben für die Erfüllung und die Ausgaben meines Lebens mit dir in jeder Hinsicht fantastisch sein wird.

Ich kann einfach nicht erklären, wie Sie mir ein gutes Gefühl. Ich sage, ich möchte, dass meine Gedanken immer noch zu bleiben. Ich kann diese meine tiefsten Wünsche für dich empfinde. Du bist alles, was ich will.

Ich liebe dich,

Steve"

Ich schwebte im siebten Himmel und die Ausbildung war so einfach, es ging mir alles so leicht von der Hand und niemand konnte mich betrüben, als würde ich unter einem besonderen Schutz stehen. Ich genoss es sehr!

Dann kam dieser Brief:

I need your prayer

Steven Elliot <infoelliot112@gmail.com>

04.03.2016, 23:36

„Meine Liebste,

Ich wünschte nur, Ihnen mitteilen zu können, dass nicht alles gut ist in diesem Moment. Ich bin in einem Zustand der Verwirrung zu beten, dass Gott uns in dem Schiff hier helfen, weil wir in Gefahr sind. Unser Schiff hat einen großen Fehler hier im Indischen Ozean entwickelt und wir sind jetzt in einem sehr langsamen Tempo zu bewegen, von der Welle angetrieben wird. Das Gehirn Feld unseres Schiffes wurde teilweise beschädigt und wir jetzt auf einem langsamen Tempo zu bewegen. Gerade jetzt, wir erhalten nur Informationen aus dem Hause Signal, dass es Piraten Meer auf uns zusegeln. Sie sind etwa 1.645 nautische Meilen von uns entfernt. Wir versuchen, gerade jetzt unser Weg in Richtung der griechischen Insel, irgendwo entlang des Indischen Ozeans abgelenkt für Sicherheit andocken. Von unserem Standort wird es uns weitere 11 Stunden in Anspruch nehmen oder auf die Insel zu bekommen dort herum. Beten Sie für mich, dass uns nichts passiert, weil diese Piraten Mörder sind. Letztes Mal, wenn sie ein italienisches Schiff markierten angegriffen und entführt, es war schrecklich. Honig, sehen Sie bitte diesen Link in Bezug auf über das, was ich sage jetzt: (http:. // Maritime Sicherheit Asien / Frei 2 / Piraterie-2 / Schiff-Wächter-Trigger-Auseinandersetzungen-mit-Piraten /) Wir wissen nicht, was als Nächstes passieren wird. Bitte Honig nehmen von sich gut um, bis ich in der Lage, mit Ihnen zu kommunizieren, wenn wir auf die Insel zu bekommen … So Gott will.

Dein Steve"

Ich antwortete und machte mir auch Sorgen:

„Hallo Darling,

seid ihr nun im sicheren Hafen?

Ich habe mir wirklich Sorgen gemacht!

Ich habe für dich und deine Crew um göttlichen Schutz gebetet.

Ich habe gespürt, dass ihr dann in Sicherheit seid. Ich habe dein Schiff begleitet bis zum sicheren Hafen.

Ist das jetzt so? Seid ihr in Sicherheit?

Melde dich bitte!!!

Alles Liebe - DEINE Maria"

Steven Elliot <infoelliot112@gmail.com>

Sa., 5. März 2016, 17:06

„Honig, ich bin so traurig, dass ich Sie nicht für eine Weile jetzt geantwortet haben. Es hat sich hier unten die Hölle gegangen. Ich möchte Ihnen mitteilen, dass wir vor etwa 2 Stunden auf die Insel kamen. Vielen Dank für Ihre Gebete und Ihre aufrichtige Sorge um meine Sicherheit. Gerade jetzt ist die Situation noch nicht auf OK. Wir haben von den Küstenwachen hier auf der Insel geraten, dass wir sicher don't machen sollten, mit uns keine wertvollen oder Wertsachen Dinge haben oder tragen, wenn wir auf unserer Reise gehen muss. Dazu gehört auch, Geld und andere Wertsachen.

Mein größtes Problem ist jetzt, dass alles Geld, das ich von meiner Bank hat für meine persönliche Geschäftstransaktion in einem Safe, ist in meiner Kabine. Ich will es von mir im Falle eines Angriffs durch Piraten Meer nicht gestohlen. Diese Seeräuber sind Mörder. Mein Plan war, dieses Geld zu verwenden Metall Öl in Fässern aus Australien und Lieferung an ein Unternehmen in Mexiko zu kaufen Ich habe bereits mit einer vertraglichen Vereinbarung. Honig als Leiter der Operation in diesem Schiff, ist es meine Aufgabe aller Passagiere zu kümmern. Es ist mir nicht möglich, mit dem Fahrgast zu bewegen entlang, weil ich auf diesem Schiff zu nehmen, bis alle Waren / Produkt vollständig entladen sind.

Jetzt gibt es so viele Sicherheitsunternehmen steht am Ufer des Meeres und ich denke an, was zu tun? Und zu dieser Zeit, ich brauche dich von mir zu stehen. Ich weiß nicht, was jetzt zu tun, möchte ich Ihnen schnell die Box senden mein Geld und andere Wertsachen enthält, so dass Sie mir helfen können, es in Ihrem Platz zu sichern, bis ich habe die Chance, meine Reise zu machen und treffen Sie soonest. Ich weiß, dass wir einander nicht getroffen haben, aber ich vertraue dir und gebe dir mein ganzes Herz.

Ich weiß, dass Sie nicht enttäuschen oder verletzen mich nie, weil wir bereits zwei in einem Fleisch sind. Bitte weiterhin für mich zu beten. Und schreibe bald. Ich liebe dich so sehr!

Steve“

Ich antwortete:

„Lieber Steve,

ich bin für diese Aktion nicht die richtige Person!!!!!!!!!

Bitte schicke das Geld einer Person, die in der Nähe von dir wohnt!!!!

Sorry. Das geht nicht und ich will es nicht tun!!!!!

Bei mir ist es nicht sicher!!!!!!

Sorry!!!!!

Maria“

„Hallo Steve,

Hallo mein Liebling Wie geht es dir heute? Alles in Ordnung? Wird das Schiff repariert? Bist du mit deiner Crew in Sicherheit? Vielleicht kannst dich kurz melden!

Ich sende dir viele Küsse.

Deine Maria“

Steven Elliot <infoelliot112@gmail.com>

07.03.2016, 00:09

„Bitte Honig schickt mir schnell Ihre vollständige Informationen Details wie die von der Firma erforderlich. Wir sind in Gefahr, Honig bitte mein Leben diese Seeräuber sind Blutsauger. Mein

Leben gewidmet ist, um dich zu retten!

Sie müssen die folgenden Angaben:

Ihre vollständigen Namen:

Hausanschrift oder das Empfangen von Adresse

Land / Bundesland, Postleitzahl oder Postleitzahl

Telefonnummer und die aktuelle E-Mail-Adresse.

Steve“

Ich schrieb ihm:

„Hallo Darling,

meine Telefonnummer und meine E-Mail-Adresse hast du schon!

Ich will nicht, dass du mir eine Box mit Wertgegenständen schickst!

Dieser Weg ist zu lange, diese Box kommt bei mir niemals an!

Nein, ich will das nicht!

In Liebe

Maria“

Thank you for your help

Steven Elliot <infoelliot112@gmail.com>

07.03.2016, 12:25

„Meine Geliebte,

Ich liebe dich so sehr und ich vertraue dir von ganzem Herzen lieb danke meine Liebe für mich nicht enttäuschend. Die Lieferfirma mir den Luftweg Rechnung Quittung nur leitete ich das Gepäck / Box gesendet haben. Es beinhaltet: mein International Passport,

Drei (3) Paar Schuhe, meine Koffer, Rolex-Armbanduhr und Leder Armbanduhr, die Vertragsurkunde, Ihr Geld, / Pay überprüfen, mein Hausschlüssel, meine kleine Pause / Portemonnaie mit meinen Kreditkarten durch DIPLOMATIC SECURITY COMPANY TÜRKEI. Dies ist ein Fracht Handler Zusteller sie Waren zu Haustür liefern. Ich schickte es an Ihren Namen, Österreich / Steiermark. Das Unternehmen ist ein vertrauenswürdiger unabhängiger Security Company hier auf dem Schiff. Sie werden Ihnen bei Ihrer angegebenen Adresse zu Ihrer Haustür liefern. Sie werden mit Ihnen Kontakt aufnehmen, wenn sie in ihr Büro in den nächsten 10/14 Stunden oder darum herum zu bekommen. Das ist, was sie mir gesagt. Honig, ich habe nie getraut jemanden in meinem Leben so Geld in seiner / ihrer Hand zu betrauen, aber ich Ihnen so vertraut und ich weiß, Sie werden mich nie in dieser meiner gegenwärtigen Situation schaden und den Zustand und dass Sie nie mich ausnutzen. Bitte mein Baby nicht mich nicht, weil ich immer bei dir sein wollen und wachsen mit Ihnen meine Liebe.

Honig, mit dem Geld aus Sicherheitsgründen vorsichtig sein. Ich habe es euch als meine Familie persönliche Wirkung und das Unternehmen ist nicht bewusst, was im Inneren des Gepäcks ist und so nicht einmal sie darüber erzählen. Honig Ich habe den Airway Bill Empfang und Einzahlung certifcate mir gescannt angebracht von der Gesellschaft, die Sie ausdrucken müssen, weil es ist, was Sie bei der Inanspruchnahme des Pakets verwenden werden. Ich habe die internationalen Kosten hier bezahlt, um das Feld zu Ihnen liefern. Sie sagten mir, aber du wirst nur für lokale Gebühren in der Türkei etwas Geld bezahlen ihr Büro zu ermöglichen, Ihre Adresse, die Ihnen die Sendung liefern. Ich wollte zahlen, aber sie sagten mir, dass sie nicht wissen, den genauen Betrag, und dass es hängt üblicherweise von der Entfernung und Abfertigungsgebühren und dass sie mussten ihren Agenten Vertreter in der Türkei bezahlt werden, um sie für die türkische Regierung zahlen ermöglichen Steuern und lokale Rechnungen, bevor Sie auf Lieferung fortfahren. Weil ich glaube nicht, dass das Gepäck ohne Bezahlung zu liefern. Bitte nicht sauer, weil ich weiß, es wird nicht eine große Menge, weil seine nur eine Zustellgebühr sein, und Sie müssen wissen, dass Sie das Geld entfernen werden Sie von der Gepäckbox verbracht haben, in Ordnung, wenn Sie es erhalten. Bitte beachten Sie auch, sobald Sie das Gepäck an der Seite des Gepäcks erhalten überprüfen, werden Sie eine Kopie Datenseite meines Passes nehmen Sie an jedem bewegenden Agenten zu sehen, so dass Sie ein Ticket buchen können für mich, so kann ich kommen, Sie dort zu treffen, dann planen wir voraus. Bitte scannen Sie das Ticket an meine Mailbox, sobald Sie fertig sind.

Meine Liebe, ich möchte Sie auf die Firma zu kontaktieren ihnen sagen, dass Sie der Empfänger meines Gepäcks sagen sind sie Ihnen meine Frau sind, und Sie werden wie die neuesten Nachrichten in Bezug auf mein Gepäck zu kennen. Hier ist die E-Mail-Adresse: infoturkiyedelivery@fastservice.com.

Bitte, wenn sie antworten Sie lassen mich immer wissen, was sie dir sagen, immer und alle ihre Mails an dir meine Liebe. Bitte lassen Sie es zwischen mir und euch niemand sonst für die Sicherheit, weil ich dich so sehr meine Liebe lieben. Ich kann es kaum erwarten Sie meine Frau anrufen, alt zu sein und zusammen wachsen und eine große, glückliche Familie.

Meine Liebe, ist es nur du und ich weiß das, was im Inneren ist das Paket Geld und meine anderen valuables ist. Bitte halten Sie diese für sich selbst jemand don't tell, weil ich niemandem trauen, aber sie meine Frau allein. Die Codenummer der Box in der Verpackung ist 1O1224415. Bitte halten Sie dies als ein Geheimnis. Sie finden diese Nummer verwenden, um das Feld zu öffnen, entfernen Sie das Geld Sie ausgeben haben und halten den Rest meiner Ankunft noch aus. Vergessen Sie nicht, den Airway Bill

Erhalt und die Ablagerung certficate zu drucken, weil sie es von Ihnen auch benötigen, um beweisen, dass Sie der rechtmäßige Empfänger des Pakets sind. Honig für meine Sicherheit beten, damit ich dieses Problem überwinden kann, habe ich nicht geschlafen für zwei Tage jetzt. Bitte informieren Sie mich, sobald sie an Sie zu liefern. Honig bitte immer Ihre E-Mails checken und Ihr Handy auch für Anrufe aus dem Unternehmen. Honig mir bitte Ihre Antwort auf diese Ordnung zu senden. Meine Liebe ich liebe und vertraue dir so sehr, dass ist, warum ich dir sage das alles lieben. Bitte geben Sie eine Nachricht an die Firma heute senden. Hier ist meine Heimatadresse:

5 Chalmers Cres, East Kilbride, Glasgow, South Lanarkshire G75 0PE, UK“, 2 Anhänge

AIR WAY BILL

Europe Middle East Asia America

SENDER'S INFORMATION

Sender's Name

HBDK/015623459137/00210/AU

RECEIVER INFORMATION

Receiver's Name

Address

ORIGIN | DESTINATION

No. of Pieces | Weight

1 Box | 10.24kg

X-Ray Scan Result

Non-Harmful Content (Negative)

Shipment

Handling Charge

Total Charges

Sender Paid

YES NO

Sender | Receiver | Other

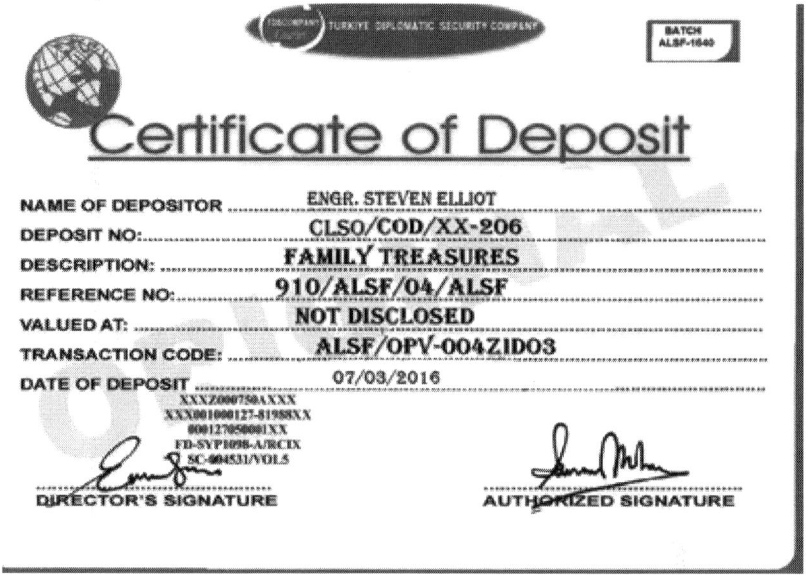
TURKIYE DIPLOMATIC SECURITY COMPANY

BATCH
ALSF-1640

Certificate of Deposit

NAME OF DEPOSITOR .... ENGR. STEVEN ELLIOT
DEPOSIT NO: CLSO/COD/XX-206
DESCRIPTION: .... FAMILY TREASURES
REFERENCE NO: 910/ALSF/04/ALSF
VALUED AT: .... NOT DISCLOSED
TRANSACTION CODE: ALSF/OPV-004ZIDOS
DATE OF DEPOSIT 07/03/2016

DIRECTOR'S SIGNATURE

AUTHORIZED SIGNATURE

Steve sendete mir eine Kopie von den jeweiligen Dokumenten, was er beschrieben hatte. Die Dokumente schauten so echt aus, mit Unterschriften, Adressen, mit Codes und Nummern versehen. Wirklich so real! Dennoch war mir nicht wohl bei der Sache!

Ich schrieb Steve:

„Mir ist nicht wohl bei dieser Sache!

Außerdem bekommst du deine Gegenstände frühestens erst im Mai 2016 zurück! Vorher kann ich nicht!!!

Ehrlich gesagt, deine Gegenstände werden mich gar nicht erreichen, weil zu viele Langfinger/Diebe unterwegs und an jeder Grenze vorhanden sind!

Was ist dann? Denke bitte nach!

Deine Sachen werden bei mir niemals ankommen!!!

Warum schickst nicht alles nach England zu deiner Nanny? Dort ist es besser und kommt auch an!!!!

Glaube mir! Glaube mir bitte!

Ich sehe schon eine Sache!!!

Du wirst auf mich böse sein, weil ich deine Gegenstände nicht habe!!!!!!

Was ist dann??

Mein Gefühl sagt mir, bitte zur Nanny schicken!!!!!!!

Danke!!!!!!

In Love

Maria"

Dann schickte Steve mir dieses Lied:

https://youtu.be/u4LaZ- HYPERLINK „https://youtu.be/u4LaZ-tKPLU"tKPLU

und rief mich auf dem Handy an! Steve konnte sehr gut reden und war sehr überzeugend!

Steve erklärte mir, dass alles sehr sicher sei und per Sicherheitsfracht mit Sicherheitspersonen bei mir ankomme. Alles ganz legal. Und zwei Wochen später komme er dann nach!

Aus diesem Grund solle ich mit seinem Geld ein Flug-Ticket buchen, sobald die Sicherheitsbox bei mir angekommen ist!

Steve erklärte mir das so gut, dass ich es wirklich glaubte, und so ließ ich mich breitschlagen. Steve konnte mich wirklich um den Finger wickeln und ich glaubte es ihm sogar!

Und er sendete mir noch dieses Lied:

https://youtu.be/6thmPrTxBtI

Wenig später schrieb Steve:

Steven Elliot 11. März 13:03

„Honig der Lieferfirma hat mich gerade angerufen, dass sie das Geld abgeholt haben. Ich arbeite, ich werde hier später in 2 Stunden sein!

Steve"

Die Zeit verging und ich wartete!

Am 15.03.2016 15:44 schrieb Steven Elliot <infoelliot112@gmail.com>:

„Meine liebste Ehefrau,

Ich habe Sinn für eine Weile diesen Brief zu schreiben, ich habe noch nie eine harte Zeit, zu sagen, was ich fühle, aber das scheint immer verändert haben, seit ich dich traf. Selbst jetzt, ich finde es schwierig, alles, was du mir gegeben hast, zu notieren. Wie kann ich beginnen, die Liebe, die ich gekannt habe, aufzuschreiben? Also lassen Sie mich beschreiben das Geschenk, das du mir gegeben hast, weil bloße Worte nicht genug sind.

Ich weiß, dass in jedem Alter, an jedem Ort, Liebe sicher ist, dort zu sein, so gibt es keinen Grund zu zittern, weil das Leben auf der Erde ist nur ein kurzer Moment, ein Moment wirklich zu leben lohnt. Ich habe das von Ihnen herausgefunden wird. Du in meinem Leben zu haben, ist mir mehr Glück gebracht als ein Leben lang bringen könnte. Du hast mein Leben so tief in der eigenen Art und Weise berührt, dass du mich in meine Schwierigkeiten geholfen haben durch und meine eigenen Selbst. Ich fühle mich, wie ich mein ganzes Leben gesucht habe, und ich habe festgestellt, endlich die für mich bedeutete, und obwohl wir haben einander nicht erfüllt. Ich fühle mich, wie Sie seit Jahren kennen.

Dank dir habe ich die weltweit größte Herausforderung-Love erobert und ich werde immer für dieses außergewöhnliche Geschenk dankbar nur teilten wir. Im Herzen und durch die Bund der Liebe, werden Sie immer meine Familie, für meine Liebe zu dir gebunden war. Treffen Sie hat mich erkennen, wie kostbar und zerbrechlich Liebe sein kann. Ich würde alles für einen Moment mit Ihnen aufgeben; für einen Moment ist besser, als eine Lebensdauer von Ihnen nie wissen. Ich kann nicht beginnen, das Leben ohne deine Liebe, sich vorzustellen, ich weiß, dass eines Tages die Meilen zwischen uns keine Rolle, denn eines Tages werde ich Sie treffen. Bis dahin möchte ich Sie wissen, dass das, was hinter uns liegt und was vor uns liegt, kleinen Angelegenheiten sind im Vergleich zu dem, was in uns liegt.

Ich weiß, dass das Leben scheint nach dem anderen ein Kampf zu sein. Unsere Landschaft verändert sich ständig, aber es gibt eine Sache, die konstant bleibt … meine Liebe zu dir. Bitte nicht böse sein auf das, was das Leben hat uns das getan, denn zum ersten Mal in meinem Leben … Ich kann frei sein. Maria Meine Frau, ich will dich in deiner Größe entstehen. Ich hatte immer Vertrauen in Sie so das Beste sein, dass Sie und Ihre Träume glauben kann, wie ich an dich glauben. Und obwohl ich nicht da sein wird, Sie strahlen noch mehr zu sehen und ein Teil Ihrer Zukunft und Träume sein, wissen, dass in der Ferne … werde ich es mit euch sein.

… Ich liebe dich mit allem, was ich bin, alles, was ich war, und alles, was ich jemals sein wird.

Mit ewiger Liebe

Steve“

SCHMERZGRENZE

Di., 15. März 2016, 21:10

an Steven

„Lieber Steve,

ich weiß nicht, was wirklich abgeht!

Dein Brief ist wunderschön und hat mein Herz erfreut!

Dennoch wird deine Lieferung von der Türkei immer rätselhafter!

Warum geht deine Lieferung nach Deutschland?

Warum sind 500 Euro zu zahlen?

So schnell zerplatzt der Traum von einer gemeinsamen Zukunft.

Schade, du warst der optimale Mann für mich!

Aber leider, es war nur ein schöner Traum!

In Liebe

Maria"

Dann schrieb Steve zurück:

Steven Elliot <infoelliot112@gmail.com>

Mi., 16. März 2016, 04:44

„Das Wunder des Lebens vor meinen Augen sichtbar, wenn Sie in mein Leben trat. Nichts kann dieses Gefühl zu füllen jemandem das Leben verglichen werden. Die Aufregung, die mich quält, während warten auf Sie mir eine E-Mail zu schicken, die süßen

E-Mails, die mich wachhalten, auch wenn ich erschöpft bin zu Tode, weil würde ich nicht eine Sache verloren haben. Das Gefühl, dass Sie jede Ecke meines Herzens kennen. All diese Dinge sind die schönsten Zeichen meiner Liebe zu you. Every einzelne Wort, das Sie sagen, ist ein Teil meiner Seele, als ob ich schon gewusst, was Sie haben zu sagen.

Jeder Schritt, den ich mache, ist sicher, weil du um mich herum sind. Offenbar kann das Leben uns solche Wunder zeigen, dass wir erstaunt, wie Kinder bleiben können, fragen sich, wie uns dies passieren könnte! Nun, ich möchte Ihnen danken für mein bester Freund zu sein, für Sein meine angel. I noch nie so gefühlt. Niemand hat mir bisher gemacht, außer Sie, meine Prinzessin aus den Wolken. Sie meine Tage aufhellen und gib mir die Kraft, weiterzumachen, für die Sie jeden Tag kämpfen. Sie enthüllt die tiefsten Emotionen und Gefühle, die ich schon so lange in mir gehalten. Gefühle, die ich sein nicht einmal vermuten. Vor allem aber zeigte man mir den echten Geschmack der Liebe.

Du bist mein bester Freund und die, die ich für das Leben will, mein gestern, meine heute und morgen meine. Sie sind die, die ich alle es wissen wollen! Ich habe nicht ein stärkeres Gefühl wie dieses ich jetzt aber gehabt haben, ich mit dir aufwachen wollen … Hier geht es wie ein ‚Song' … Ich möchte mit Ihnen aufwachen. Ich will aufwachen mit Ihnen. Ich will da sein, wenn Sie die Augen öffnen, ich Ihnen das erste, was sein soll, die ich sehe … Ich will laien an Ihrer Seite, Baby will ich jeden Schlag deines Herzens fühlen.

Und während der Nacht will ich halt dich fest … All die Liebe in mir geschlafen hat Abwarten, bis die richtige kam ihr die Liebe zu teilen, dass ich habe zu halten, Baby Sie die Musik in meinen Song setzen kann ich mit Sie wollen aufwachen ich will erreichen, und wissen, dass du da bist ich Ihnen das Erste, was sein soll, dass ich sehe ich will wake mit Ihnen und in der Nacht ich will dich festhalten ich will wake mit dir mein Engel. Honig mir bitte helfen, dieses Problem zu lösen Gepäck. Werde ich in Kürze online.

Ich liebe dich

Steve"

Ich musste den Satz für mich noch einmal wiederholen!

Honig mir bitte helfen, dieses Problem zu lösen Gepäck. Werde ich in Kürze online.

Ich dachte mir, ich soll das Problem lösen? Ich habe keine 500 Euro, die ich einfach so hergeben kann! Ich bin mitten in der Ausbildung und benötige das Geld selbst! Wenn Steve so viel Geld hat, dann kann er es anders lösen!

Ich schrieb Steve:

„Hallo Darling,

das wünsche ich mir auch!

Dennoch kann ich dir nicht helfen? Sorry!

Außer du schickst mir 500 Euro, dann kann ich dir weiterhelfen!

In Liebe Maria"

Ein Platz in meinem Herzen,

Do., 17. März 2016, 06:47

an Steven

„Lieber Steve,

die Zeit mit dir war so intensiv, dass du einen großen Platz in meinem Herzen eingenommen hast.

Tag und Nacht denke ich nur an dich und wünsche mir, dass du bei mir bist.

Ich hoffe wirklich, dass das mit der Lieferfirma nur ein Missverständnis ist.

Denn mein Traum mit dir soll wahrwerden. Ich habe mich in dich verliebt!

Und freue mich sehr auf dich!

In Liebe

Maria“

Die Antwort von Steve

Steven Elliot <infoelliot112@gmail.com>

Fr., 18. März 2016, 22:11

„Meine Liebe ich, dass wir wissen, habe in letzter Zeit mit der Arbeit und dem, was nicht viel zu tun. Ich wollte Ihnen diesen Brief zu schicken, um Ihnen mitzuteilen, dass ich an dich denke und liebe dich sehr. Ich bin sehr glücklich, so eine wunderbare Frau zu haben, und ich wollte mein Leben zu sagen danken Ihnen für den Wechsel.

Bevor Sie kamen, fühlte ich mich innerlich leer. Sie füllte eine Leere in meinem Herzen, und ich kann mich nie danke genug bedingungslos zu lieben.

Maria. Ich möchte mit Ihnen für den Rest meines Lebens zu verbringen. Ich möchte jeden Morgen zum Aufwachen. Ich möchte hören, atmen Sie, während Sie schlafen. Sie machen mein Leben komplett und Sie machen mir das Gefühl, dass ich den Himmel eine Million Mal berühren kann.

Ich fühle mich gesegnet, dass Gott dich zu meiner Haustür geschickt wieder meine Frau zu werden. Ich kann nicht warten, bis unsere Arbeitspläne bald ändern deshalb können wir mehr Zeit miteinander verbringen.

Bitte Maria mir helfen, dieses Problem zu lösen, dann verspreche ich dir, dass ich für immer zu Ihnen verpflichtet werden!

Immer lieben,

Steve"

Ein weiterer Brief von Steve

Steven Elliot <infoelliot112@gmail.com>

Fr., 18. März 2016, 22:16

„Baby, ich liebe dich so sehr. Ich werde immer für immer dankbar sein für Sie … Du hast mich durch harte Zeiten geholfen und ich konnte immer auf der Schulter weinen, ohne beurteilt zu werden. Du hast mich geliebt, wenn niemand sonst tun würde. Sie kam immer, wenn ich Sie gebeten. Du warst meine Stärke, wenn ich schwach war und mir den Atem, wenn ich nicht sprechen konnte. Sie zeigte mir den richtigen Weg zu lieben. Selbst wenn man nicht will, Sie haben Ihren Freund und mir vertrauen aus Ihrer Freunde ich Ihnen fehlt meine Liebe lassen Sie mich bitte nicht, ich vermisse dich jeden Tag in meinem Leben.

Ich fühlte mich wirklich, als ob ich dich nicht verdient hat, aber immer noch, mehr noch, Sie liebte mich für mich. Sie schützt mich und leite mich, und dafür werde ich wirklich dankbar sein (für immer) und ich will nur ‚Danke' zu sagen, und ich werde dich immer lieben.

Immer lieben

Steve"

Ich war sprachlos und wusste nun nicht, was ich tun sollte! Wenn ich das Geld nicht schicke, werde ich Steve verlieren. Nur das Geld habe ich nicht! Ich kann kein Geld schicken! Werde ich Steve, diese Liebe verlieren!?

Ich schrieb Steve:

„Es ist schön von dir etwas zu hören. Ich freue mich sehr darüber!

Du bist immer bei mir! In letzter Zeit träume ich sehr viel von dir und kann mich nicht wirklich auf die Schule konzentrieren. Das ist fatal!

Die Lieferfirma ist für mich nicht ganz in Ordnung! Etwas passt bei der ganzen Geschichte bzw. LIEFERUNG NICHT. Ist die Firma okay?

Ich wünsche dir eine angenehme Zeit!

In Liebe

Maria“

Hallo Darling,

Sa., 19. März 2016, 15:04

an Steven

„Herzlichen Dank für diesen wunderschönen Brief!

Ich freue mich jeden Tag auf das Neue, von dir etwas zu lesen.

Du schreibst dich bei jeder Nachricht in mein Herz und in meine Seele.

Manchmal möchte ich böse auf dich sein, nur das geht nicht! Du schreibst die richtigen Worte, die mein Herz und meine Seele berühren. Danach ist alles Negative wie weggeblasen.

Was das Gepäck anbetrifft, helfe ich dir, so gut es geht! Ich bete für dich und deine Crew und … und bitte Gott, dass dein persönliches Gepäck ohne Probleme die Grenze passiert und bei der richtigen Adresse unbeschadet ankommt!

Mein Geliebter, ich freue mich sehr auf dich! ICH SENDE DIR ALL MEINE LIEBE!

In Liebe

Maria"

Steven Elliot <infoelliot112@gmail.com>

Sa., 19. März 2016, 20:10

„Ich weiß, Sie sind da draußen, und es ist nur eine Frage der Zeit, bis wir miteinander sein. Ich freue mich auf diesen Tag mit ganzem Herzen. Ich bereite mich für euch jeden Tag. Vorstellen, was Sie aussehen könnte. Wie sehen Sie aus? Sind Sie groß oder sind Sie kurz, dick, kuschelig, und gut aussehend? Egal was, bist du für mich und ich werde Ihnen unabhängig lieben, was durch den Monat zu unserem Unglück geschieht, meine Liebe. Ich hoffe, mit Ihnen für den Rest meines Lebens, alt zu werden. Um das zu feiern gute Zeiten mit Ihnen und unterstützen sich gegenseitig durch die schlechten Zeiten.

Die Ehe ist eine Reise, die wir wachsen zusammen durch. Wir werden lernen, Dinge über jeden, jeden Tag andere. Wir werden nicht immer gute Zeiten, aber wir lieben einander immer und Arbeit durch unsere Probleme. Die Ehe ist für immer. So verspreche, dass ich dich für immer. Wir haben Spaß beim Anschauen Fußballspiele, Spaziergänge und Filme.

Ich freue mich auf diesen Tag und bis dahin werde ich für Sie mit offenen Armen und mein Herz voller Liebe für Sie nur warten. Bitte meine Liebe mir helfen, die Menge des Geldes zu zahlen, die

die Lieferung Unternehmen erhalten Sie für die Abfertigung des Gepäcks fragen! Ich werde dich nicht enttäuschen!

Liebe ist immer meine schöne Frau.

Für immer dein

Steve"

Ich schrieb Steve:

„Du bist ein ganz Schneller! Jetzt sind wir schon verheiratet! Ich glaube, ich habe die eigene Hochzeit verpasst! :-) :-)

Bei dem Gepäck kann ich dir aus finanzieller Hinsicht nicht helfen!

Wenn ich so viel Geld auf der hohen Kante hätte, wäre vieles einfacher für mich! Ich könnte selber das Geld gebrauchen!:-)

So muss ich dich enttäuschen!

Ich freue mich sehr auf dich!

In Liebe

Maria"

Steven Elliot <infoelliot112@gmail.com>

So., 20. März 2016, 07:02

„Honig, lassen Sie mich bitte nicht verlieren meine Sendung Sie bin betteln. Lassen Sie mich nicht ich Sie bitten. Bitte kontaktieren Sie sie wissen lassen, wie viel Sie aus dem money. So bezahlen können, dass sie die Box Sie liefern können. Sobald die Box an Sie geliefert wird, und Sie haben es in der Hand bestätigt, können Sie schnell die Box zu öffnen mit der Code-Nummer ich Ihnen gab und bezahlen Sie die balance.

Honey bitte, Was auch immer Sie verbringen, sollten gesammelt werden wieder aus die Box von Geld, sobald sie Indonesien angekommen, Honig ich Ihnen voraus gegeben haben, gehen und die Box von Geld mit der Code-Nummer öffnen ich Ihnen gab, ist nur du und ich, die haben, dass number.

Please mein Leben zu retten Sie meine einzige sind Hoffnung!

Steve"

An Steven

„Finanziell kann ich dir nicht helfen.

Ich habe meine Reserven in die Ausbildung gesteckt!

Zurzeit habe ich kein flüssiges Geld.

Selbst wenn du mir versprichst, dass ich das 10-Fache zurückbekomme, kann ich nichts überweisen!!!!

Tut mir leid!!

In Liebe

Maria"

Steven Elliot <infoelliot112@gmail.com>

So., 20. März 2016, 08:56

„Meine Geliebte,

es ist toll, dich in meinem Herzen zu haben und in der Lage zu sein, zu fühlen Sie mir den ganzen Tag lang nah dran sind. Ich dich nie verpassen, weil ich weiß, du bist immer bei mir auf meiner Meinung nach, auch wenn wir viele Straßen und Meilen zwischen uns.

Sie sind ständig in mein Herz, meine Seele mit Liebe und Zunei-

gung Fütterung, und mich mit diesem Gefühl der Erfüllung und Glück zu verlassen.

Ich kann den Glauben nicht genug danken für Sie gefunden haben. Ich bedaure nur die verlorene Zeit, ich bereue nicht, dass Sie, bevor jetzt getroffen zu haben … Aber hier ist ein kleines Geheimnis, das auch ein Lebensmotto sein kann: ‚Glück, auch wenn spät.'

Dennoch werde ich nicht über Glück beklagen; im Gegenteil, ich danke nur die Tatsache, dass ich bin in der Lage, Sie zu treffen, obwohl wir einander nicht noch gesehen haben.

Du bist alles, was ich je in meinem Leben wollte. Du bist alles, was ich liebe und wollte zu lieben. Du gibst mir dieses Gefühl der Erfüllung, wie nichts sonst auf der Welt können. Ich schicke Ihnen diesen Brief mit all meiner Liebe: Es wurde mit der Seele Absicht geschrieben meiner reinsten und ergebene Liebe zu dir zu erklären."

„Hallo Darling,

Danke für die liebevollen Zeilen!

Ich freue mich immer über deine herzvollen Zeilen, auch wenn sich die Sätze teilweise wiederholen!

Sind für mich sehr schön zu lesen und tun meiner Seele gut!

Hast du mein Foto schon gesehen?

Bin ich für dich interessant?

Schreib mir etwas, was du nun über mich denkst!

Pass ich in dein Leben?

Alles Liebe

Maria"

Steven Elliot <infoelliot112@gmail.com>

Mo., 21. März 2016, 04:07

„Guten Morgen mein Alles,

Ich kann nicht der erste Mann in Ihrem Leben sein, aber ich möchte, dass der letzte Mann in Ihrem Leben zu sein. Ich weiß, ich bin nicht derjenige, der zuerst gemacht euch geliebt habe das Gefühl, aber ich möchte, dass die einzige zu sein, dass Sie das Gefühl geliebt seelenvoll zum Kern. Ich verspreche Ihnen, wie Sie selbst behandelt werden möchten zu behandeln, und geben Sie den Respekt, den Sie verdienen. Ich verspreche, immer deinen Partner und Freund sein. Ich werde darauf achten und Ihnen Zeit geben. Ich verspreche, was in meinem Herzen immer teilen … Ich möchte nur sagen, dass ich dich liebe, werde dich immer lieben, und dass Sie die einzige Person, I'll jemals so viel liebe. Ich möchte, dass meine unsterbliche Liebe und Hingabe zu Ihnen versichern, und lassen Sie wissen, dass ich in dir, die Frau gefunden haben, möchte ich den Rest meines Lebens zu verbringen, mit dir.

Ich hätte den schönsten Garten! & Für immer wäre immer noch nicht lang genug sein! Ich liebe dich und du bist immer in meinem Kopf! Sie haben so viel Schönheit in mein Leben gebracht! Mein liebster Engel, ich bin … total gewidmet you. I lange … Sie nah an meinem Herzen zu halten und lassen Sie nie gehen. I do … schätzen und lieben Sie. In ihr finde ich … die größte Freude und Glück in meinem Leben machen. Sie mir das Gefühl … geschätzt und geliebt.

Ich liebe … zum Kuscheln und mit Ihnen kuscheln.

Steve"

Dieser Briefwechsel ging einige Tage so weiter! Steve schrieb mir süße Worte und wollte mich damit einwickeln, damit ich weich wurde. Mir fiel einfach keine Möglichkeit ein, wo ich 500 Euro herbekomme.

Dann wurde ich von der Lieferfirma unter Druck gesetzt!

Hier das Mail:

TURKIYE DIPLOMATIC SECURITY COMPANY <diplomaticdelivery24hr@gmail.com>

21.04.2016, 18:18

„Gnädige Frau,

nannten wir heute Ihr Mann ihm der Plan der Regierung zu informieren anstehenden Waren wartet Lieferung zu konfiszieren, die für die Lieferung überfällig ist. Und Ihr Mann bat uns, aber wir haben ihn zu verstehen, dass wir nicht die Macht Stehende tun, um die Regierung zu stoppen, um alles, was wir wissen, ist, dass es vor dem Ende des Monats Plan ist für den Plan ausgeführt, werden wir Sie bitten, Ihre versuchen am besten möglich, das Geld vor dem Ende April zu bekommen Komplikation zu vermeiden.

Vielen Dank für Ihre Mitarbeit und Verständnis.

Freundliche Grüße

Herr Paul Leszner“

dringende Aufmerksamkeit

TURKIYE DIPLOMATIC SECURITY COMPANY <diplomaticdelivery24hr@gmail.com>

Do., 24. März 2016, 20:53

„Gnädige Frau,

wie zu Ihrer Information, wurde kein Medikament im Gepäck der Brauch zurückhalten, die Lieferung, weil das Gepäck es ge-

scannt wurde gefunden, was sie im Inneren war das Geld und die Antiterror Zertifikat beweisen gefunden musste, dass das Geld legal ist.

Hier ist unsere Webseite http://my.tdscomp.net/"

Ich geriet immer mehr unter Druck. Weil die Lieferung sehr echt auf mich wirkte, ging ich zu meiner Bank und bat um die Aufstockung meines Kontorahmens. Ich glaubte wirklich, dass ich das Geld von Steve zurückbekomme.

So nahm ich das Geld und überwies die 500 Euro. Danach war mir nicht gerade wohl dabei! Zweifel überkamen mich, ob ich das Geld wiedersehe?

TURKIYE DIPLOMATIC SECURITY COMPANY <diplomaticdelivery24hr@gmail.com>

26.04.2016, 15:32

„Guter Tag Damen und Herren,

Ihre Nachricht wurde empfangen und verstanden. Mittlerweile Ihr Mann danken Ihnen für die Informationen, angerufen und gesagt, die gleiche Sache durch unsere Offiziere plädieren ihn sichern, das Gepäck zu helfen und sich auch mit der für mehr Patienten plädieren, und wir haben ihn zu verstehen, dass sein Gepäck wurde gesagt, das an geliefert werden Sie innerhalb von 48 Stunden von unserem Büro ankomme!

Danke für das Verständnis!

Freundliche Grüße

Frau Ravel"

Nun hoffte ich, dass das Gepäck geliefert wird, damit ich die 500 Euro wieder entnehmen kann!

Steve schrieb mir:

„Mein Juwel,

Ich vermisse dich. Ich will mit dir sein und dich halten. Ich möchte sanft Ihr Gesicht und eine Tasse Ihre Wange in die Hand zu berühren, wie ich in die Augen schauen, ich will mit dir kuscheln und schmusen, nur um dich nahe sein.

Ich liebe über die Couch, von Ihnen zu sitzen. Ich lange die Intimität sprechen aus dem Herzen zu teilen. Ich fühle, dass ich so viel Liebe gehabt haben zu geben, und dass es in mir wurde für eine sehr lange Zeit in Flaschen abgefüllt. Niemand hat beim Öffnen der Flasche interessiert und sehen, was drin war. Sie haben nicht nur bereit und interessiert, die Flasche bei der Eröffnung, aber Sie haben in der Liebe umgeben und umhüllt, die aus meinem Herzen fließt freudig worden. Sie inspirieren und voll der romantischen Mann in mir umarmen. Du bist die Frau, die mich mit einem großen, warmen Lächeln mit ausgestreckten Armen begrüßt. Du bist die Liebe, sehnt sich nach meinen warmen Umarmungen. Du bist die Frau, die ich bis zum Ende meiner Tage zu lieben lang.

Ich liebe dich meine Prinzessin.

Gute Nacht Liebling.

Dein Ehemann

Steve.“

Ich war so happy, so glücklich! Ich konnte die ganze Welt umarmen und hatte wirklich das Gefühl, dass alles gut wird! Ich schwebte und war in einem Rauschzustand ohne Drogen, ohne Alkohol nur mit der Liebe! Nur mit der Liebe! Das war ein Ge-

fühl, das ich bisher nicht kannte! Die Welt war schön, das Gefühl war so schön!!

Dann kam von Steve dieses Lied:

https://youtu.be/9bxc9hbwkkw

https://youtu.be/f28MJ7IMsS8

und das andere Lied tat sein Übriges. Ich schmolz dahin! Steve war mein Held des Tages!

Steve war auch überglücklich und schrieb mir diesen Brief:

Steven Elliot   26. April 23:23

„HERZLICHE GLÜCKWÜNSCHE!!!!!! Ich bin glücklich, Sie es gemacht. Obwohl ich manchmal Dinge in Frage stelle, tief im Inneren weiß ich, dass du der Einzige für mich sind. Wenn ich nicht mit dir, bist du der Einzige, ich denke. Alles über Sie sagt mir, dass wir für immer zusammen sein können. Nur Sie können mir glauben, wie die Zeit stoppt, wenn ich bei dir bin. Nur so kann man die Dinge besser zu machen, wenn es wie das Ende fühlt. Nur können Sie derjenige sein, meine Ängste zu glätten. Dafür bin ich dankbar, und ich hoffe, dass Sie nie verlassen. Ich liebe dich. Ich bin … total gewidmet zu Ihnen. Ich sehne mich … halten Sie mein Herz zu schließen und dich nie gehen lassen. Ich liebe … deine Liebe und zart touch. In Sie finde ich … die größte Freude und Glück in meinem Leben. Sie geben mir das Gefühl … geschätzt und geliebt. Ich liebe … zum Kuscheln und mit Ihnen kuscheln.

mein Engel

Steve“

Ich hatte auch mittlerweile die Prüfungen meiner Ausbildung hinter mir, die ich „Gott sei Dank" mit gutem Erfolg abgeschlossen habe.

Eines war sehr gut, ich hatte wenig Zeit zum Nachdenken.

Dann kam eine weitere Nachricht von Steve:

Steven Elliot 27. April 15:38

„Erstens ein großer Gratulation an Sie wieder für den Erfolg in Ihrem Diplom Ergebnis. Ich bin sehr glücklich für Ihren Erfolg, ich bin überzeugt, dass ich ein Teil davon bin. Mein Gepäck ist wichtig, weil ich es ohne Anspruch verlieren. Wenn in 4 Wochen ist die euch gegeben Termin für die Lebensversicherung Ausschuss für die Liquidation des Geldes beteiligt, ich und Sie werden versuchen, mit dem Versandunternehmen geltend zu machen, um uns einen Weg für mein Gepäck von anderen Kisten werden freigestellt finden helfen geplant konfisziert, aber vorher werden, du und ich habe in 4 Wochen das Geld sicher zu sein. Können wir dies tun? Die Freude und Glück in meinem Leben. Sie geben mir das Gefühl … geschätzt und geliebt. Ich liebe … zum Kuscheln und mit Ihnen kuscheln.

In Liebe Steve"

Nun war ich sicher, dass das Gepäck, die Box von Steve, per Lieferfirma geschickt wird. Ich war voller Zuversicht und Hoffnung, dass sein Gepäck bei mir ankommt. Die Lieferfirma hatte auch bestätigt, dass das Gepäck vom Büro der Firma weggegangen war. Die Sicherheitsmänner seien unterwegs, wurde mir bestätigt.

Ich bereitete zuhause alles vor, meinen Pass und das ausgedruckte Dokument von Steve.

Jetzt kann es sich nur noch um Stunden handeln. Dann kann ich die 500 Euro entnehmen.

Die Stunden vergingen und ich hörte nichts.

Dennoch war Steve voller Hoffnung und er war sehr glücklich!

Wie in diesem Brief zu sehen ist!

Steven Elliot 1. Mai 22:35

„Meine Erdbeere, es gibt keinen Zweifel, Sie machen mich glücklich fühlen, und ich bin so froh, dass Sie wissen, dass jetzt an, alles begann sehr lustig, unsere Verbindung, bekennende Liebe, und dann passiert es. Ich entwickelte ein unglaubliches Gefühl für Sie. Manchmal versuche ich mir vorzustellen, sondern auch für die Tatsache, dass ich weiß, dass Sie nicht die Liebe finde, aber Liebe findet man stattdessen ich das total akzeptieren als echte Liebe und Gott weiß, es bleibt so … Liebling Ich glaube, ich bin der glücklichste Mensch auf der Erde Sie haben, weil Sie mir so viel Liebe gezeigt haben, dass ich noch nie gehabt haben, sind Sie sehr einzigartig und du mir Freude und Lachen in besonderer Weise geben. Ich vermisse dich wie die Hölle. Sie sind die Süße meines Herzens und ich werde nie Ihre Liebe für selbstverständlich halten, werde ich dich unendlich lieben und Sie mit Liebe und Sorgfalt zu überwältigen. Es wird nie langweilig sein, wenn wir zusammen sind, weil, wenn sie nicht glücklich bin, machen Sie mich zum Lachen, und wenn Sie nicht zufrieden sind, werde ich Sie zum Lachen bringen. Honig werden wir sehr gut zusammen und wir werden eine große Familie sein, Liebling. Ich kann nicht süß leidenschaftliche Liebe zu ihr zu halten, warten und machen, werden wir nie voneinander müde werden, unsere Liebe füreinander wird niemals sterben, weil wir bestimmt waren, zusammen sein. Machen Sie einen schönen Tag meine Erdbeere, ich liebe dich Honig.

Steve“

Ich dachte mir einfach, vielleicht dauert es einfach, der Weg von der Türkei bis nach Österreich ist sehr lange. Und dann die Wartezeiten an den Grenzen. Es dauert einfach! Und konzentrierte mich auf mein Leben.

Ein paar Tage schrieb mir Steve:

Steven Elliot <infoelliot112@gmail.com>

03.05.2016, 18:16

„Schatz, mein Fb hat wieder ein anderes Problem entwickelt. Ich glaube, ich wurde gehackt, also öffne ich ein anderes. Bitte nimm meine Einladung an. Ich liebe dich!"

Jetzt hatte ich ein mulmiges Gefühl. Irgendetwas stimmte hier nicht! Warum hörte ich nichts von der Lieferfirma!? Fragen über Fragen!

Nach Tagen bekam ich ein Mail von der Lieferfirma:

TURKIYE DIPLOMATIC SECURITY COMPANY <diplomaticdelivery24hr@gmail.com>

06. Juni 2016, 15:06

„Gnädige Frau,

wir haben den Antrag gestellt hat, aber leider wurde unser Wunsch abgelehnt, gibt uns Warnung, dass sie für Verhandlung nicht bereit sind, und was auch immer nötig ist, sollte von uns sein, weil sie mit uns zu tun haben. Wir entschuldigen uns für diese und die Unannehmlichkeiten!

Bitte halten Sie sich einfach auf diese Nachricht und handeln gemäß den Anweisungen für das Auslieferungsverfahren erreicht werden.

Danke für Ihre Kooperation.

Freundliche Grüße

Frau Jenny"

So was nun!? Was passierte hier?

Ich bekam von der Lieferfirma einen weiteren Brief!

TURKIYE DIPLOMATIC SECURITY COMPANY <diplomaticdelivery24hr@gmail.com>

Anhänge

18. Juni 2016, 17:45

„Gnädige Frau,

Sie haben noch in uns das Vertrauen verloren, weil dies nicht der Fall ist, wie wir die Lieferung Strategien Sie durchführen. Dieses Geld wird als Prozentsatz des gesamten Geld in Ihrem Gepäck beteiligt angefordert so zusätzliche Steuern in Ihrem Land und in der Türkei zu vermeiden, hier, dieses Dokument benötigt, um für unsere Liefersicherheit zu Ihrem Land ausgefüllt und unterschriebene Einziehung des Reisegepäcks durch das zu vermeiden, Türkische Zoll. An Mail anhängen ist die Rechnung der vorherigen Zahlung, die Sie gemacht.

Sie antizipieren Ihre Zusammenarbeit für die Verfolgung.

Danke.

Frau Jenny"

Dann schickte mir die Lieferfirma ein Dokument, eine Rechnung, die sehr professionell aussah, mit einer Registrierungsnummer und Adresse von der Lieferfirma, der Adresse von Steve sowie Stempeln und Unterschriften. Es schaute sehr glaubwürdig aus.

Nur die nächste Forderung konnte ich mir einfach nicht leisten und führte keine Aktion mehr durch!

Die Lieferfirma verlangte nun 1.500 Euro, weil es beim Zoll Probleme gab!

Steve hatte vorher für sein Gepäck einiges bezahlt.

Nach weiteren Wochen wurde das Gebäck konfisziert und Steve verhaftet!

Seitdem sitzt Steve, nach seinen Angaben, im Gefängnis! Ich war, nach seinen Ausführungen, die einzige Person, die ihm schrieb. Mittlerweile sind fast 5 Jahre vergangen, und wir haben immer noch Kontakt und schreiben uns alle 2 Monate. Angeblich hat Steve im Gefängnis nicht mehr Möglichkeiten zu schreiben. Es wurde mehrfach eine Kaution vom Gericht gestellt, nur das sind hohe Beträge, die ich nicht überweisen kann. Ich wollte schon mehrfach in die Türkei zum Gefängnis reisen, die Adresse habe ich ja, nur war es mir einfach zu gefährlich. Nur dann wüsste ich zu 100 %, dass es ein Fake war.

So bleibt alles im Ungewissen! Meine 500 Euro waren eine Spende an die Personen, die das organisiert und durchgeführt haben. Denn ich sehe das Geld nicht mehr! Ich muss sagen, es war alles sehr gut professionell organisiert und durchgeführt. Es würde jeder Mann und jede Frau darauf reinfallen!

Steve konnte kein Deutsch und ich war kein Experte in Englisch. So nahm ich die Übersetzung im Internet zu Hilfe.

Meine fünf Jahre mit Steve, war eine sehr aktive und bewegende Zeit!

Ich glaubte wirklich, ich werde Steve persönlich kennenlernen. Steve ließ mich im Glauben, dass er mich eines Tages besuchen wird oder dass wir uns an einem bestimmten Ort treffen werden.

Wir vereinbarten sogar Treff- und Zeitpunkte. Zwei Tage vorher sagte Steve ab. So ging es Jahr für Jahr.

Dennoch hat diese Zeit mit Steve etwas Gutes, ich öffnete meine Herz für eine Beziehung und bin heute in einer sehr guten Partnerschaft. Vor Steve konzentrierte ich mich auf mein Berufsleben und wollte auch keine Liebesbeziehung. Mit Steve erkannte ich, wie wichtig die Liebe im Leben ist und wie sehr die Liebe das Leben bereichert. Auch wenn es Höhen und Tiefen gibt.

Viele Menschen werden sich fragen, warum so lange die Beziehung mit Steve bestanden hat!?

Steve berührte mit seinem Charme, mit seinen Worten immer wieder erneut mein Herz. Manchmal waren die Worte so real, dass ich das Gefühl hatte, er steht vor mir! Steve kannte mich und ich kannte ihn! Es war eine sehr tiefe Beziehung und so eine tiefgehende Liebe, was ich bis zum Steve nicht erlebte. Heute lebe ich diese wahre Liebe und es ist eine Bereicherung für das ganze Leben.

Aus diesem Grund hege ich keinen Groll gegen Steve!

Dennoch möchte ich alle Menschen warnen und es ist wichtig, jede Beziehung im Internet zu hinterfragen!

Ich bin kein Einzelfall!

Auf keinen Fall Geld schicken! Auch wenn diese Person noch so verzweifelt klingt!

Das Geld kommt nicht mehr zurück!

Eure MaryRose